Hundarna i Thessaloniki

Kjell Askildsen

Hundarna i Thessaloniki

Översättning Urban Andersson

Forum

Tidigare utgivning
Ett stort öde landskap 1995

Boken utges med stöd från Nordiska ministerrådet

FORUM

Norska originalets titel Hundene i Tessaloniki

Omslagstypografi Paul Eklund
Sättning Ytterlids, Falkenberg
Tryckning ScandBook AB, Falun 1997
Printed in Sweden
ISBN 91-37-11072-1

Innehåll

Hundarna i Thessaloniki

VI DRACK FÖRMIDDAGSKAFFET i trädgården. Vi sade nästan ingenting. Beate reste sig och ställde kopparna på brickan. Det är väl bäst att ta upp stolarna på verandan, sade hon. Varför det? sade jag. Det blir säkert regn, sade hon. Regn? sade jag, det finns ju inte ett moln på himlen. Det känns i luften, sade hon, tycker du inte det? Nej, sade jag. Jag kanske tar fel, sade hon. Hon gick uppför verandatrappan och in i vardagsrummet. Jag satt där i en kvart, sedan bar jag upp den ena stolen på verandan. Jag stod en stund och såg mot skogen på andra sidan staketet, men det syntes ingenting. Genom den öppna verandadörren hörde jag Beate gnola. Hon har förstås hört väderleksrapporten, tänkte jag. Jag gick ner i trädgården igen och runt till framsidan på huset, bort till brevlådan bredvid den svarta smidesjärngrinden. Den var tom. Jag stängde grinden som av någon anledning stod öppen; då såg jag att någon hade kräkts alldeles utanför den. Jag blev litet upprörd. Jag satte fast trädgårdsslangen på kranen vid källarluckan och vred på vattnet för fullt, sedan drog jag slangen efter mig bort till grinden. Strålen träffade litet fel, och en del av spyan sprutade in i trädgården, resten spreds ut över asfalten. Det fanns ingen avloppsbrunn i närheten, så det enda jag uppnådde var att förflytta den gulaktiga substansen fyra fem meter bort från grinden. Men det var trots allt en lättnad att få snusket på litet avstånd.

När jag hade vridit av kranen och rullat ihop slangen, visste jag inte vad jag skulle göra. Jag gick upp på verandan och satte mig. Efter några minuter hörde jag Beate börja gnola igen; det lät som om hon tänkte på något hon tyckte om att tänka på, hon trodde väl att jag inte hörde henne. Jag hostade till, och det blev tyst. Hon kom ut och sade: Sitter du här? Hon hade sminkat sig. Ska du gå någonstans? sade jag. Nej, sade hon. Jag vände ansiktet mot trädgården och sade: Någon idiot hade kräkts alldeles utanför grinden. Jaså? sade hon. Vilket svineri, sade jag. Hon svarade inte. Jag reste mig. Har du en cigarett? sade hon. Hon fick en, och jag gav henne eld. Tack, sade hon. Jag gick ner från verandan och satte mig vid trädgårdsbordet. Beate stod på verandan och rökte. Hon kastade ner den halvrökta cigaretten på gruset framför trappan. Vad ska det där vara bra för, sade jag. Den brinner upp, sade hon. Hon gick in i vardagsrummet. Jag stirrade på den tunna rökslingan som steg nästan rakt upp från cigaretten, jag önskade att den inte skulle brinna upp. En stund senare reste jag mig, jag hade en känsla av hemlöshet. Jag gick ner till grinden i staketet, över den smala ängslyckan och in i skogen. Jag stannade alldeles innanför skogsbrynet och satte mig på en stubbe, nästan dold bakom ett buskage. Beate kom ut på verandan. Hon såg åt mitt håll och ropade mitt namn. Hon kan inte se mig, tänkte jag. Hon gick ner i trädgården och runt huset. Hon gick upp på verandan igen. Ännu en gång såg hon åt mitt håll. Hon kan omöjligen se mig, tänkte jag. Hon vände sig om och gick in i vardagsrummet. Jag reste mig och gick vidare in i skogen.

Då vi satt vid middagsbordet, sade Beate: Där är han igen. Vem? sade jag. Mannen, sade hon, i skogsbrynet, alldeles vid den stora … nej, nu försvann han. Jag reste mig och gick fram till fönstret. Var? sade jag. Vid den stora tallen, sade hon. Är du säker på att det var samme man? sade jag. Jag tror det, sade hon. Det är ingen där nu, sade jag. Nej, han försvann, sade hon. Jag gick tillbaka till bordet. Jag sade: Du kunde väl omöjligen se om det var samme man på det avståndet. Beate svarade inte genast, sedan sade hon: Jag skulle ha känt igen dig. Det är något annat, sade jag. Mig känner du. Vi åt en stund under tystnad. Så sade hon: Förresten, varför svarade du inte när jag ropade på dig? Ropade på mig? sade jag. Jag såg dig, sade hon. Du svarade inte. Jag såg dig, sade hon. Varför gick du då runt huset? sade jag. För att du inte skulle förstå att jag hade sett dig, sade hon. Jag trodde inte du såg mig, sade jag. Varför svarade du inte? sade hon. Det var väl inte nödvändigt att svara när jag trodde att du inte såg mig, sade jag. Jag kunde ju ha varit någon helt annanstans. Om du inte hade sett mig, och om du inte hade låtsats att du inte såg mig, skulle det här inte ha varit något problem. Kära du, sade hon, det är väl inget problem.

Vi sade inget mer på ett tag. Beate vred hela tiden på huvudet och såg ut genom fönstret. Jag sade: Det blev inget regn. Nej, sade hon, det låter vänta på sig. Jag lade ifrån mig besticken, lutade mig tillbaka på stolen och sade: Vet du, ibland irriterar du mig. Jaså? sade hon. Att du aldrig kan medge att du tar fel, sade jag. Men det kan jag väl, sade hon. Jag tar ofta fel. Det gör alla. Det gör varenda en. Jag bara såg på henne, och jag kunde se att hon förstod att hon hade gått för långt. Hon reste sig. Hon tog såskoppen och det tomma grönsaksfatet och gick ut i köket. Hon kom inte in igen. Jag reste mig också. Jag tog på mig jackan, sedan stod jag en stund och lyssnade, men det var alldeles tyst. Jag gick ut i trädgården, runt till framsidan på huset och ut på vägen. Jag gick österut, ut ur stan. Jag var litet upprörd. Villaträdgårdarna på ömse sidor av vägen låg tomma, och jag hörde inga andra ljud än det nästan jämna dånet från motorvägen. Jag lade husen bakom mig och gick ut på det stora fältet som sträcker sig ända ner till fjorden.

Jag kom fram till fjorden alldeles vid ett litet utekafé och slog mig ner vid ett bord längst framme vid vattnet. Jag köpte att glas öl och tände en cigarett. Jag var varm, men jag behöll jackan på eftersom jag antog att skjortan hade svettfläckar under armarna. Jag hade alla kafégästerna bakom mig, framför mig hade jag fjorden och de skogklädda liderna långt borta. Surret av lågmälda röster och det svaga kluckandet av vatten bland strandstenarna försatte mig i ett tillstånd av dåsig frånvaro. Tankarna följde sina skenbart ologiska banor, och de var inte oangenäma, jag kände mig tvärtom ovanligt väl till mods, därför var det desto mer obegripligt att jag, utan någon märkbar övergång, greps av en känsla av ångestfylld övergivenhet. Det fanns något totalt hos både ångesten och övergivenheten som på något sätt upphävde tiden, men antagligen dröjde det inte mer än några sekunder innan sinnena korrigerade det hela och återförde mig till här och nu.

Jag gick hem samma väg som jag hade kommit, över det stora fältet. Solen närmade sig fjällen i väster; det låg ett dis över staden, och i luften fanns inte minsta vindfläkt. Jag kände en motvilja inombords mot att gå hem, och plötsligt tänkte jag, och det var en klar och tydlig tanke: Om hon ändå hade varit död.

Men jag fortsatte hemåt. Jag gick in genom grinden och fortsatte runt till baksidan på huset. Beate satt vid trädgårdsbordet; mitt emot henne satt hennes äldre bror. Jag gick fram till dem, jag kände mig alldeles lugn. Vi växlade några intetsägande ord. Beate frågade inte var jag hade varit, och ingen av dem uppmanade mig att hålla dem sällskap, något jag i så fall skulle ha tackat nej till, med någon plausibel ursäkt.

Jag gick upp i sovrummet, hängde ifrån mig jackan och tog av mig skjortan. Beates del av dubbelsängen var obäddad. På nattduksbordet stod en askkopp med två fimpar i, och bredvid askkoppen låg en bok med pärmarna uppåt. Jag lade igen boken; askkoppen tog jag med mig ut i badrummet och spolade ner fimparna i toaletten. Sedan klädde jag av mig och vred på duschen, men vattnet var bara ljummet, nästan kallt, och stunden i duschen blev annorlunda och mycket kortare än jag hade tänkt mig.

Medan jag stod vid det öppna sovrumsfönstret och klädde på mig hörde jag Beate skratta. Jag gjorde mig snabbt klar och gick ner i tvättstugan; genom fönstret där kunde jag betrakta henne utan att själv bli sedd. Hon satt tillbakalutad på stolen, med klänningen uppdragen långt upp på de särade låren och händerna knäppta bakom nacken så att det tunna klänningstyget stramade över brösten. Det fanns något oanständigt i ställningen som gjorde mig upphetsad, och det upphetsande förstärktes av att hon satt så framför ögonen på en man, om han så också var hennes bror.

Jag blev stående och såg på henne en stund; hon satt inte mer än sju åtta meter ifrån mig, men tack vare växterna i rabatten utanför källarfönstret var jag säker på att hon inte skulle upptäcka mig. Jag försökte uppfatta vad de sade, men de talade för lågt, påfallande lågt, tyckte jag. Så reste hon sig, hennes bror reste sig också, och jag gick snabbt uppför källartrappan och in i köket. Jag vred på kallvattenkranen och hämtade ett glas, men hon kom inte, så jag vred av vattnet igen och ställde tillbaka glaset.

När jag hade blivit lugn igen gick jag in i vardagsrummet och satte mig att bläddra i en teknisk tidskrift. Solen hade gått ner, men det var ännu inte nödvändigt att tända ljus. Jag bläddrade fram och tillbaka. Verandadörren stod öppen. Jag tände en cigarett. Jag hörde ljudet av ett flygplan långt borta, annars var allt tyst. Jag blev orolig igen, och jag reste mig och gick ut i trädgården. Det fanns ingen där. Grinden i staketet stod på glänt. Jag gick bort och stängde den. Jag tänkte: Hon står säkert inne bakom buskaget och betraktar mig. Jag gick tillbaka till trädgårdsbordet, flyttade den ena stolen litet så att ryggstödet vette mot skogen, och satte mig. Jag övertygade mig om att jag inte skulle ha upptäckt om någon hade stått i tvättstugan och tittat på mig. Jag rökte två cigaretter. Det började bli mörkt, men den stillastående luften var mild, nästan varm. En blek månskära stod över åsen i öster, klockan var litet över tio. Jag rökte en cigarett till. Så hörde jag ett svagt gnisslande från grinden i staketet, men jag vände mig inte om. Hon satte sig och lade en liten bukett med ängsblommor på trädgårdsbordet. Vilken underbar kväll, sade hon. Ja, sade jag. Har du en cigarett? sade hon. Hon fick en, och jag gav henne eld. Så sade hon med den barnsligt ivriga röst som jag alltid hade haft så svårt att motstå: Jag hämtar en flaska vin, va? – och innan jag hann bestämma mig för vad jag skulle svara reste hon sig, tog blombuketten och skyndade över gräset och uppför verandatrappan. Jag tänkte: Nu ska hon låtsas som om ingenting har hänt. Sedan tänkte jag: Det har ju inte hänt något. Inte något hon vet om. Och då hon kom ut med vinet och två glas och till och med en blårutig duk, var jag nästan alldeles lugn. Hon hade tänt lampan ovanför verandadörren, och jag vände stolen så att jag kom att sitta med ansiktet mot skogen. Beate fyllde glasen, och vi drack. Mmm, sade hon, underbart. Skogen stod som en svart silhuett mot den blekblå himlen. Så stilla det är, sade hon. Ja, sade jag. Jag höll fram cigarettpaketet åt henne, men hon ville inte ha. Jag tog en själv. Titta på nymånen, sade hon. Ja, sade jag. Så tunn den är, sade hon. Ja, sade jag. Jag läppjade på vinet. I Södern ligger den på rygg, sade hon. Jag svarade inte. Minns du hundarna i Thessaloniki som hade fastnat sedan de parat sig, sade hon. I Kavalla, sade jag. Alla de gamla männen utanför kaféet som väsnades och skrek, sade hon, och hundarna som tjöt och ansträngde sig för att komma loss från varandra. Och när vi kom ut ur staden var det en sådan där tunn nymåne som låg på rygg, och vi ville ha varandra, minns du? Ja, sade jag. Beate hällde upp mer vin i glasen. Så satt vi tysta en stund, ganska länge. Hennes ord hade gjort mig orolig, och tystnaden efteråt förstärkte bara oron. Jag letade efter något att säga, något avledande vardagligt. Beate reste sig. Hon gick runt trädgårdsbordet och stannade bakom min rygg. Jag blev rädd, jag tänkte: Nu gör hon mig något. Och då jag kände hennes händer mot halsen, ryckte jag till, kastade huvudet och överkroppen framåt. Nästan i samma ögonblick insåg jag vad jag hade gjort, och utan att vända mig om sade jag: Du skrämde mig. Hon svarade inte. Jag lutade mig tillbaka på stolen. Jag hörde henne andas. Så gick hon.

Till sist reste jag mig för att gå in. Det hade blivit alldeles mörkt. Jag hade druckit upp vinet och tänkt ut vad jag skulle säga, det hade tagit litet tid. Jag tog med mig glasen och den tomma flaskan, men lät, efter att ha funderat på saken, den blårutiga duken ligga kvar. Vardagsrummet var tomt. Jag gick ut i köket och ställde flaskan och glasen på diskbänken. Klockan var litet över elva. Jag låste verandadörren och släckte lamporna, sedan gick jag uppför trappan till sovrummet. Lampan på mitt nattduksbord var tänd. Beate låg med ansiktet bortvänt och sov, eller låtsades som om hon sov. Mitt täcke var vikt åt sidan, och på lakanet låg käppen som jag hade använt efter olyckan det året vi gifte oss.

Jag tog den och tänkte lägga den under sängen, men ändrade mig. Jag stod med den i handen och stirrade på höftens kurva under det tunna sommartäcket och övermannades nästan av ett plötsligt begär. Så gick jag snabbt ut ur rummet och ner i vardagsrummet. Jag hade tagit med mig käppen, och utan att ha riktigt klart för mig varför slog jag den hårt mot låret och bröt av den. Slaget gjorde ont, och jag blev lugnare. Jag gick in i arbetsrummet och tände lampan över ritbrädet. Jag släckte den igen och lade mig på dyschan, drog på mig överkastet och slöt ögonen. Jag såg Beate tydligt framför mig. Jag öppnade ögonen igen men såg henne ändå.

Jag vaknade flera gånger under natten, och jag steg upp tidigt. Jag gick in i vardagsrummet för att avlägsna käppen, jag ville inte att Beate skulle se att jag hade använt den. Hon satt i soffan. Hon såg på mig. God morgon, sade hon. Jag nickade. Hon fortsatte att se på mig. Är vi ovänner? sade hon. Nej, sade jag. Hon höll fast mig med blicken, jag kunde inte tolka den. Jag satte mig för att komma bort från den. Du missförstod, sade jag. Jag märkte inte att du reste dig, jag satt i mina egna tankar, och då jag plötsligt kände händerna mot halsen, jag förstår ju att du blev … men jag visste inte att du stod där. Hon sade ingenting. Jag såg på henne, mötte samma outgrundliga blick. Du måste tro mig, sade jag. Hon drog åt sig blicken. Ja, sade hon, jag måste ju det.

Elisabeth

Det var tidigt en söndagsförmiddag. Jag hade hämtat en vilstol på verandan och burit ner den i ett hörn av trädgården, alldeles nere vid flaggstången, och där satt jag och läste *Esch eller anarkien*. Min bror och svägerska hade ännu inte stigit upp. Jag kastade emellanåt en hastig blick upp mot huset, mot deras sovrumsfönster, men rullgardinen var nerdragen. Jag kom till scenen där Esch förför mor Hentjen, där hon motvilligt släpper taget i draperiet så att han kan knuffa in henne i den mörka alkoven till hennes äkta säng, och jag kände hur den våldtäktsliknande scenen väckte lusten i mig. Och då Elisabeth, min svägerska, i detsamma blev synlig i det öppna sovrumsfönstret låtsades jag som om jag inte såg henne.

En stund senare ropade hon in mig till frukost. Det var bara vi två. Hon sade att Daniel hade ont i huvudet. Hon satt mittemot mig, och jag hade ännu större glädje av att betrakta henne nu än kvällen innan, vilket kanske delvis berodde på att upphetsningen inte helt hade släppt sitt grepp om mig. Hon satt för det mesta och såg ner i assietten, och de få gånger jag mötte hennes ögon drog hon snabbt åt sig blicken. Mest för att hålla en alltför påträngande tystnad på avstånd ställde jag en och annan fråga till henne av den typen som det är rimligt att ställa till en svägerska man har känt i mindre än ett dygn, och hon svarade med påfallande iver, som om varje ny fråga var en räddningsplanka. Men hon undvek fortfarande att möta min blick, och denna bortvändhet gav mina ögon fritt spelrum. Och det jag såg fick mig att fantisera fram bilder som hade klara anknytningar till mor Hentjens motsträviga underkastelse i den mörka alkoven.

Efter frukost gick jag tvärs igenom staden för att hälsa på mor. Pojken min, sade hon och strök mig över kinden. Hon hade blivit så gammal, det fanns nästan ingenting kvar av henne. Jag gick före henne in i köket. Jag satte mig vid bordet. Nej men Frank då, sade hon, vi måste väl sätta oss inne i rummet. Kan vi inte sitta här, sade jag. Hon satte på kaffepannan och tackade för korten, särskilt det från Jerusalem. Tänk att du har varit i Jerusalem, sade hon. Var du på Golgata? Nej, sade jag, just där var jag inte. Jaså, sade hon, det var synd. Far och jag talade så ofta om det, att den plats vi helst av allt ville åka till var Jerusalem, och då var det särskilt två platser vi ville se, Golgata och Getsemane. Jag svarade inte, men jag log mot henne. Hon ställde två koppar på bordet och frågade om jag ville ha en bit sockerkaka. Jag sade att jag just hade ätit frukost. Hon kastade en blick på klockan på hyllan bredvid fönstret, sedan frågade hon vad jag tyckte om Elisabeth. Jag sade att jag tyckte hon var mycket sympatisk. Tycker du, sade hon. Ja ja, jag hoppas du har rätt. Vad menar du med det, sade jag. Ja, jag vet inte, sade hon, jag tror inte hon är så bra för Daniel. Ingen är tillräckligt bra för Daniel, sade jag. Ja ja, sade hon, nu talar vi inte mer om det. Vi talade inte mer om det eller något annat på en stund. Jag hade inte sett henne på två år; tiden och avståndet hade fått mig att förtränga min motvilja mot henne; nu vaknade den igen. Du har inte förändrats, sade hon. Nej, svarade jag, gjort är gjort.

Jag satt kvar i nästan en timme; jag undvek så gott jag kunde ämnen som gjorde avståndet mellan oss tydligt, och besöket kunde ha ebbat ut i en försonlig stämning om hon inte hade ansett det nödvändigt att tala om för mig hur många böner hon hade bett om att jag skulle hitta tillbaka till Jesus. Jag hörde på henne en stund, sedan sade jag: Sluta med det där, mor. Det kan jag inte, sade hon och fick tårar i ögonen. Jag reste mig. Då är det bättre att jag går, sade jag. Så hård du är, sade hon. Jag? sade jag. Hon följde mig ut. Du ska ha tack för att du kom, sade hon. Ha det bra, mor, sade jag. Du ska hälsa Daniel, sade hon. Inte Elisabeth? sade jag. Jo jo, henne också. Gud välsigne dig, pojken min.

Jag gick raka vägen till järnvägsrestaurangen och drack två stora starköl. Jag blev lugnare. Det kom ett tåg söderifrån. Det stod i ett par minuter, och just innan det satte sig i rörelse igen kom Daniel ut från en av vagnarna. Med en intuitiv känsla av att ha sett något som det inte var meningen att jag skulle se vände jag snabbt bort huvudet. Då jag inte längre kunde höra tåget såg jag ut över perrongen igen. Den var tom. Jag satt kvar ett tag till, sedan drack jag ur och gick.

När jag kom tillbaka till min brors hus hade Daniel inte kommit hem. Jag sade till Elisabeth att jag skulle hälsa från mor. Träffade du inte Daniel? frågade hon. Nej, sade jag. Han gick för att träffa dig, sade hon. Hos mor? sade jag. Ja, sade hon.

Jag hämtade *Esch eller anarkien* i vardagsrummet och gick ut i trädgården, ner till vilstolen. Den stod i solen och jag flyttade in den i skuggan under äppelträdet. Elisabeth kom ut på verandan och frågade om jag ville ha en kopp kaffe, och efter ett tag kom hon med den. Hon var liten och slank, och där hon kom emot mig över gräset tänkte jag att det skulle vara lätt att lyfta henne. Tusen tack, Elisabeth, sade jag. Hon log och gick genast, och jag satt där och tänkte på avståndet mellan en djärv tanke och en konkret handling.

En halvtimme senare kom Daniel. Han hade bytt om till shorts och en färggrann skjorta som han inte hade knäppt och som visade fram hans håriga bringa som jag en gång för länge sedan hade avundats honom. Han lade sig på rygg i gräset och slöt ögonen mot solen. Vi småpratade litet om nästan ingenting. Vid ett tillfälle öppnade en kvinna ett fönster i grannhuset och strax därpå kom hon ut i trädgården och satte sig så att jag kunde se henne. Daniel talade om en kollega som han påstod att jag kände och som nyligen hade dött av cancer i tjocktarmen. Kvinnan i grannträdgården gick in i huset igen. Jag hade tråkigt. Jag sade att jag måste gå på toaletten. Jag tog med mig den tomma kaffekoppen. Elisabeth var varken i vardagsrummet eller i köket. Jag gick uppför trappan till mitt rum. Genom fönstret såg jag att Daniel hade rest sig och stod och tittade i *Esch eller anarkien*. Den är nog ingenting för dig, tänkte jag. Kvinnan kom ut ur grannhuset; jag såg att hon öppnade munnen, och Daniel gick fram till staketet. Jag slängde mig på sängen och tänkte att jag inte skulle ha kommit, att jag borde ha kommit ihåg hur litet jag hade gemensamt med Daniel. Jag låg bara kvar i några få minuter, sedan gick jag nerför trappan och ut i trädgården. Daniel var inte där. Jag tog upp boken och började läsa. Efter en stund bläddrade jag tillbaka för att läsa om scenen mellan Esch och mor Hentjen, men just då kom Daniel ut genom verandadörren i grannhuset. Han hoppade över staketet. Han såg upprymd ut. Jag var tvungen att hjälpa grannen att flytta ett skåp, sade han, sedan gick han bort till kranen vid källarluckan och sköljde av händerna. Vill du ha en öl? ropade han. Ja tack, ropade jag. Jag lade ner boken i gräset. Han kom med två halvflaskor pilsner. Har Elisabeth övergivit oss? frågade jag. Hon kommer snart tillbaka, svarade han. Han lade sig i gräset och sade att jag inte borde sitta i skuggan. Jag svarade inte. Å, det är ett gott liv, sade han. Jag svarade inte. Tycker du inte det? sade han. Jo jo, sade jag. Elisabeth kom gående längs västra sidan av huset. Jag reste mig. Sätt dig här, sade jag, så hämtar jag en stol till. Hon sade att hon kunde ju hämta en stol själv. Jag gick upp till verandan och kom tillbaka med en fällstol. Hon hade inte satt sig ner. Tack, sade hon. Min bror är en gentleman, sade Daniel. Ja, sade hon. Hon satte sig så att hon kunde se både Daniel och mig. Jag ville bara göra intryck på henne, sade jag. Hör du, Elisabeth? sade Daniel. Ja, sade hon. När du var liten pojke, sade Daniel, kom du alltid hem till mor med en bukett ängsblommor, minns du det? Jag mindes det. Nej, sade jag, det minns jag inte. Minns du inte det? Mor sade alltid: Det är mors pojke det, och då och då fick du en limpskiva med massor av socker på. Minns du inte att jag en gång ryckte den ur handen på dig och trampade ner den i gruset nedanför trappan? Nej, sade jag, det minns jag inte. Jag minns ingenting från när jag var liten. Du måste ha varit åtminstone sju åtta år, sade han. Jag minns nästan ingenting från när jag var liten jag heller, sade Elisabeth. Daniel började skratta. Vad skrattar du åt? sade Elisabeth. Ingenting, sade han. Elisabeth böjde på huvudet och såg ner i knät, jag kunde inte se hennes ögon. Så gjorde hon plötsligt ett kast med huvudet och reste sig. Nej, jag får gå och ... sade hon. Hon gick. Jag slöt ögonen. Daniel sade ingenting. Jag tänkte på att han hade ändrat på något i historien om brödskivan: han hade ätit hälften av den, och det var jag som hade slagit den ur handen på honom så att den hade hamnat i gruset. Jag öppnade ögonen och såg på honom, och jag kände ett lätt obehag vid åsynen av hans håriga bringa. Han låg där och log med sina smala läppar, så sade han: Vad tycker du om henne? Jag gillar henne, sade jag. Han satte sig upp och tog en klunk ur flaskan, sedan lutade han sig tillbaka och såg upp i himlen, men han sade ingenting. Jag reste mig och gick bort över gräsmattan, mot det lilla kökslandet där det växte sallad och gräslök och en rad med sockerärtor. Jag tänkte: Hur skall jag stå ut en hel vecka? Jag knipsade av en ärtskida, och Daniel ropade: Det är Elisabeth som leker självförsörjande. Jag åt upp ärtskidan och gick tillbaka till Daniel och sade: Jag har alltid velat ha ett köksland med sockerärtor och rättikor och rovor. Då, sade han, är Elisabeth verkligen något för dig. Vill du inte ha henne längre? sade jag. Han såg på mig. Vad menar du med det? sade han. Det var ett skämt, sade jag. Han fortsatte att se på mig en stund, sedan lade han sig ner och slöt ögonen. Jag sade att jag hade ett brev jag måste skriva, och jag tog med mig boken och lämnade honom. Jag mötte Elisabeth i trappan upp till övervåningen. Vilket fint grönsaksland du har, sade jag. Jaså det, sade hon. Jag smakade på sockerärtorna, sade jag. Hon stod ett trappsteg ovanför mig och vi såg rakt på varandra, och återigen tänkte jag: Hon är lätt att lyfta. Ät av dem du bara, sade hon. Tack, sade jag. Jag drog åt mig blicken, och hon fortsatte nerför trappan. Jag skulle ha hållit kvar den litet till, tänkte jag. Jag gick upp på mitt rum och lade mig på sängen.

Jag vaknade av en åskknall. Himlen var mörk, och jag frös. Jag steg upp och stängde fönstret. En blixt skar igenom molntäcket, och strax därpå kom ett våldsamt skyfall. Det var fint att se på.

Jag gick ner i vardagsrummet. Daniel stod vid verandadörren. Ovädret hade gjort mig försonligt stämd, och jag gick fram till honom och sade: Är det inte storslaget? Storslaget? sade han. Äppelträden tappar ju nästan vartenda kart, och titta på sockerärtorna. Jag tittade på dem; en del av stänglarna hade slagits till marken. Ja, det är ju synd, sade jag, men dem kan man binda upp igen. Det tror jag inte, sade han. Jo då, sade jag, jag ska göra det.

Efter ett tag drog ovädret bort, och blad och gräs glittrade i solen. Jag frågade Daniel om det fanns snören. Det får du fråga Elisabeth om, sade han. Hon var i köket. Det verkade som om hon hade gråtit. Hon gav mig ett snörnystan och en sax. Jag gick ut. Det låg bara fyra fem kart under vart och ett av de tre äppelträden. Jag band upp ärtstänglarna, det var fort gjort, sedan gick jag upp och satte mig på verandan. Jag hade ingen lust att gå in.

Under middagen var spänningen mellan Daniel och Elisabeth så stark att alla mina försök att få i gång ett samtal föll döda till marken. Till slut satt vi helt tysta. Inom mig växte och växte något oemotståndligt, och innan jag hade ätit färdigt lade jag ifrån mig besticken, reste mig och sade: Tack för maten. Jag märkte att Daniel tittade upp, men jag ville inte möta hans blick. Jag gick upp på mitt rum och hämtade jackan, sedan gick jag ut. Jag gick genom staden till järnvägsrestaurangen. Jag satt med en öl och kände oron bulta inom mig. En man med ett glas öl i handen kom fram till bordet och frågade om han fick slå sig ner. Jag avvisade honom ganska bryskt, men han satte sig. Jag reste mig och hittade ett annat bord. Han satt tre bord bort och stirrade på mig. Jag låtsades som om jag inte såg det. Jag drack ur och hämtade en ny halvliter. Jag satte mig på andra sidan av bordet, med ryggen mot honom. Jag tänkte på Daniel, att han hade kommit ut från tåget, att han hade sköljt av händerna sedan han hade varit inne hos grannen, och att han hade skrattat åt Elisabeth. Jag tänkte på Elisabeth också. Sedan kom min plågoande och satte sig mitt emot mig. Mig blir man inte av med så lätt, sade han. Försvinn, sade jag. Nä du, sade han. Försvinn! sade jag. Nä nä nä, sade han. Jag reste mig. Jag grep glaset och slängde innehållet i ansiktet på honom. Sedan gick jag. Jag gick fort, men jag vände mig inte om förrän jag kom fram till dörren. Han kom inte efter mig, han satt och torkade av ansiktet på duken.

Jag kom hem just som solen höll på att gå ner. Jag öppnade dörren. Allt var tyst. Jag gick in i vardagsrummet. Daniel satt där. Jaså, sade han, du kommer tillbaka. Jag svarade inte. Var har du varit? sade han. Tagit en promenad, sade jag. Jag satte mig. Du bara gick, sade han. Jag svarade inte. Han sade inget mer; han satt och såg ut genom fönstret. Har Elisabeth gått ut? sade jag. Hon har lagt sig, sade han. Han fortsatte att se ut genom fönstret, så sade han: Det är kanske bäst att du far igen. Jag har tänkt det, sade jag. Inte för min skull alltså, sade han. Inte det? sade jag. Han såg hastigt på mig, men svarade inte. Jag reste mig. Jag gick bort till bordet vid verandadörren och hämtade *Esch eller anarkien*. Det är Elisabeth, sade han, hon är inte riktigt sig själv just nu. Jaså? sade jag. Jag har ingen lust att tala om det, sade han. Jag gick mot dörren. Jag reser i morgon, sade jag. Han sade mitt namn just som jag stängde dörren efter mig, men jag låtsades som om jag inte hörde det. Jag gick uppför trappan och in på mitt rum. Det hade börjat mörkna, men jag tände inte. Jag satte mig vid fönstret. Gräshopporna filade, annars var allt tyst. Jag var inte trött, jag var alldeles för kall inombords. Efter en lång stund hörde jag steg i trappan, och det gick i en dörr. Sedan blev det tyst igen.

Jag klädde av mig i mörker eftersom jag inom mig hade en fantasibild av Elisabeth som jag var rädd inte skulle tåla ljus. Och jag tog kanske med mig bilden in i sömnen, för vid ett tillfälle under natten vaknade jag av en dröm om en kvinna som låg fastbunden vid buken på ett stort djur.

På morgonen regnade det, ett stilla, ymnigt regn. Jag hörde ljud från undervåningen, och jag ville inte stiga upp, jag ville vänta tills Daniel och Elisabeth hade gått till jobbet. Medan jag låg och väntade somnade jag.

Jag vaknade igen vid niotiden, och tjugo minuter senare gick jag nerför trappan och in i vardagsrummet. Det regnade inte längre, och jag fick lust att gå ut i trädgården, men nyckeln till verandadörren var borta. Jag gick ut i köket. Det var dukat frukost till mig, och bredvid assietten låg ett papper. Där stod det: Synd att du måste fara. Det tycker Elisabeth också. Hoppas det inte är något allvarligt. Lägg nyckeln under en av stolsdynorna på verandan, är du snäll. Daniel.

Jag läste det två gånger. Så förstod jag.

Jag lade tillbaka papperet precis där det hade legat, sedan gick jag upp på övervåningen och in i Elisabeths och Daniels sovrum. Jag hade inte varit där förut. Sängen var bäddad. Jag tittade inte efter något speciellt. Det hängde inga lösa plagg över stolsryggarna, och det låg inga saker på nattduksborden som avslöjade vem som sov var. Jag öppnade dörren till en garderob där det hängde klänningar och kostymer. Jag tittade inte efter något speciellt. Jag gick ut ur sovrummet och in på mitt rum. Jag började packa resväskan. Det var fort gjort. Jag bar ner den i hallen. Det var nästan två timmar tills tåget skulle gå. Jag satte mig inne i vardagsrummet. Jag hade en efterhängsen tanke i skallen som inte hade lämnat mig sedan jag läst hans meddelande. Jag rev ut ett blad ur anteckningsboken och skrev: Så synd med Elisabeth. Hoppas det inte är något allvarligt. Hälsa henne. Jag lägger nyckeln i brevlådan. Frank.

Gräshoppan

MARIA FÄLLDE EN kommentar om honom när de andra hörde på som han fann orimlig och som gjorde honom väldigt upprörd. Han gjorde sitt yttersta för att verka oberörd, men då gästerna hade gått och Maria sade att hon var trött, öppnade han en ny flaska vin och lade ett vedträ på elden. Ska du inte lägga dig? sade hon. Han svarade att han inte var trött och att han ville ha ett glas till. Hon såg på honom. Det är en dag i morgon också, sade hon. Jag är medveten om det, sade han, och det var den enda antydan till aggression han lyckades ge uttryck åt.

Han satt uppe i en timme. Han drack två glas vin. Sedan tog han med sig flaskan ut i köket och hällde ut merparten av vinet i slasken. Han bar in flaskan igen och ställde den bredvid det tomma glaset.

Nästa dag vaknade han sent och ensam. Han steg genast upp. Huset var tomt, men frukostbordet var dukat – enbart för honom. Kaffet i termoskannan var ljummet. Han drack två koppar. Söndagstidningen låg bredvid assietten. Han tog den och gick ut på verandan. Maria låg på knä i kökslandet, nästan dold bakom georginerna; han låtsades som om han inte såg henne och satte sig med ryggen till. Han slog upp tidningen och blev sittande och såg över kanten på den: några trädtoppar, en blekblå himmel. Han satt så tills han hörde steg i gruset och hennes röst bakom ryggen: God morgon. Han sänkte tidningen och såg på henne. God morgon, sade han. Hon drog av sig trädgårdshandskarna och kom uppför trappan. Du sov så gott, sade hon, jag ville inte väcka dig. Satt du uppe länge? Ett par timmar, sade han. Så länge? sade hon. Han vek ihop tidningen, svarade inte, sedan sade han: Jag tänkte jag skulle åka och hälsa på far. Men Vera kommer ju på middag, sade hon. Jag är tillbaka innan dess, sade han. Det hinner du inte, sade hon. Då kan vi väl äta en timme senare, sade han. Därför att du plötsligt får för dig att du ska hälsa på din far? Han svarade inte. Hon gick in. Han reste sig och gick efter henne för att hämta jackan. Du har ju inte ätit, sade hon. Jag är inte hungrig, sade han. Han mötte hennes blick; hon mönstrade honom. Vad är det med dig, sade hon. Ingenting, sade han.

Då han litet senare körde ut ur staden mot R, kände han sig ett tag nästan övermodig, och han tänkte: Jag gör vad jag vill.

Halvvägs till R tog han av från riksvägen och körde i stället ner mot Bufjorden. Det låg ett litet utekafé där, och han köpte två smörgåsar och kaffe. Han satt under ett träd och såg ut över fjorden. Han rökte en cigarett. Då och då såg han på klockan. Han rökte två cigaretter till, sedan reste han sig och gick långsamt tillbaka till bilen.

Han körde samma väg tillbaka, och han kom hem innan de hade satt sig till bords. Maria frågade hur det stod till med fadern, och han sade: Han kände inte igen mig. Vera sade att det måste vara svårt att se sin far så fullständigt hjälplös. Han nickade. De satte sig till bords. Han serverade rödvin. De åt oxstek. De talade om alldagliga ting, han deltog med ett och annat instämmande ja och nej; han hade ofta tankarna på annat håll men såg hela tiden till att vinglasen inte var tomma. Och när Maria mot slutet av måltiden ville höra mer om faderns tillstånd, kolliderade frågan med en aggressiv tanke han just hade tänkt, och han svarade, oöverlagt avvisande: Väldigt vad intresserad du plötsligt har blivit av far. Det blev alldeles tyst. Så sade Vera, lugnt: Det var väl inte trevligt sagt, Jakob. Nej, svarade han, nästan lika lugnt, men det har du inte med att göra. Han grep glaset, han darrade på handen. Nu tror jag du får förklara dig, sade Maria. Han svarade inte. Jag vet inte vad jag ska tro, sade hon. Han lutade sig tillbaka på stolen och såg på henne. Han sade: Far har det bra. Han vet inte längre vad som händer, och om vårdarna är snälla mot honom finns det ingen som kan göra honom illa. Så han har det bra. Återigen blev det tyst en stund, sedan sade Maria: Det kunde du väl ha sagt med en gång. Det är mycket som kunde ha sagts med en gång, sade han. Vad menar du nu? sade hon. Menar jag något? sade han. Nej fy, sade hon, nu är du verkligen omöjlig. Hon reste sig och började duka av, och när även Vera reste sig sade hon: Nej, nej, sitt kvar du. Jakob såg att Vera tvekade, så tog hon grönsaksfatet och såskoppen och gick efter Maria ut i köket. Jakob hällde upp vin i sitt glas, sedan reste han sig, tog med sig glaset och gick ut på verandan. Han rökte en cigarett, sedan rökte han en till. Glaset blev tomt. Vera kom ut. Hon satte sig. Vilken sommar, sade hon. Ja, sade han. Men egentligen, sade hon, är augusti en ganska … det är något vemodigt över den, tycker du inte det, det är liksom slutet på något. Han såg på henne, svarade inte. När jag var barn, sade hon, förknippade jag alltid augusti, särskilt kvällarna, med gräshoppor, deras sång, jag tyckte den var så fin. Nu finns det inga gräshoppor längre. Inte det? sade han. Nej, sade hon. Han såg på henne; hon satt med nerböjt huvud och pillade på en nagel. Han sade: Vill du ha vin? Ja tack, sade hon. Han gick in och hämtade en flaska och ett glas. Maria var inte där. Vera satt i samma ställning, liksom försjunken i något, och då han hade hällt upp i hennes glas, och i sitt eget, och för ett ögonblick blev stående och såg ner på henne, gick det en våg av värme genom honom, plötsligt, som en stöt, och han sade: Vad snygg du är. Jag? sade hon. Han svarade inte, satte sig. Det var alldeles tyst ett tag, inom honom också. Så sade hon: Det var länge sedan någon sade det. Kan jag få en cigarett? Han höll fram paketet mot henne. Jag visste inte att du rökte, sade han. Nej, sade hon, jag har slutat. Han gav henne eld. Från dörröppningen sade Maria: Mej, men Vera då. Ja, inte sant, sade Vera. Är det Jakob som har förfört dig? Vera såg på Jakob och sade: Ja, på sätt och vis. Men det var jag själv som bestämde mig för att falla. Maria kom ut på verandan, drog fram en stol till bordet och satte sig. Jakob frågade om han skulle hämta ett glas till henne, han kände sig lätt och fri. Han hämtade det och hällde upp, Vera blåste rökringar. Titta, sade hon, jag kan fortfarande. Du leker med elden, sade Maria. Ja, sade Vera, jag hade nästan glömt hur gott det är. Där ser du, sade Maria. Vera blåste nya ringar upp i den nästan stillastående luften. Nu får du din vilja satt på prov, sade Maria. Snälla du, sade Vera. Hon såg på Jakob och tillade: Maria har aldrig riktigt vant sig av med att vara storasyster. Jag hör det, sade han. Struntprat, sade Maria. Maria leker inte med elden, sade Jakob. Jo då, det gör hon säkert, sade Vera, inte sant Maria? Det gör alla. Maria läppjade på glaset. Det kan väl hända, sade hon, men jag undviker att bränna mig. Jakob skrattade. Maria såg på honom. Vera släckte cigaretten. Det är kvavt, sade Maria. Ja, sade Vera. Tänk om det kunde komma ett riktigt åskväder. Och en blixt som slog ner i det där fula huset. Men Vera då, sade Maria. Jakob skrattade. Tyckte du det var roligt? sade Maria. Ja, sade Jakob, det var därför jag skrattade. Det var alldeles tyst, länge, så reste sig Maria. Hon stod kvar en stund, sedan gick hon bort till trappan och ner i trädgården. Säg något, sade Vera. Han svarade inte. Han hällde upp vin i hennes glas. Jag blir berusad, sade hon. Varför inte, sade han, det är det vin är till för. Jag tror jag ska gå, sade hon. Jag skulle önska att du stannade, sade han. Jag blir bara dålig, sade hon. Bli det då, sade han. Dålig flicka, sade hon och såg på honom. Han drog åt sig blicken men kände att hon fortsatte att se på honom. Blev du rädd nu, sade hon. Inte rädd, sade han. Vad då, sade hon. Maria kom över gräset: Morötterna står trångt, sade hon. Trångt? sade Jakob. De måste gallras, sade hon. Hon kom uppför trappan och lade tre små tomater på bordet. Känn så goda de är, sade hon. Vera tog en. Jag tror jag också ska skaffa mig en man med trädgård, sade hon. Ja, varför inte? sade Maria. Och en veranda som den här, sade Vera, där man kan sitta även när det regnar. Vi sitter aldrig här när det regnar, sade Maria. Jo då, sade Jakob. Jag sitter ofta här när det regnar. Det gör du inte alls, sade Maria. Jo visst gör jag det, sade Jakob. Jag skulle i alla fall ha suttit här, sade Vera. Hon stoppade tomaten i munnen. Tillsammans med min man, sade hon. Vilken man? sade Maria. Han med trädgård och veranda, sade Vera. Du är berusad, sade Maria. Ja visst, sade Vera. Jag gör litet kaffe, sade Maria. Hon gick in. Vera tog en stor klunk ur vinglaset. Kaffe! sade hon. Jakob fyllde på hennes glas. Tack, sade hon. Och så en cigarett, om du har. Hon fick en, och han gav henne eld. Är det sant att du sitter här när det regnar? sade hon. Det har hänt, sade han, men det är länge sedan nu. Så det var alltså inte sant, sade hon. Nej, sade han, men det kan Maria omöjligt veta.

Men du gjorde henne till lögnare, sade hon. Inte mer än hon gjorde mig till lögnare genom att säga att jag inte har suttit här. Men det stämmer ju, sade Vera. Ja, men det vet hon inte. Hon kanske vet det därför att hon känner dig, sade Vera. Hon känner mig inte, sade Jakob. Maria kom ut och ställde ifrån sig tre koppar. Hon såg på Vera men sade ingenting. Hon gick in igen. Stackars Maria, sade Vera. Jakob svarade inte. Jag tänker dricka en kopp kaffe och gå, sade hon. Han svarade inte. Hon släckte cigaretten. Maria kom med kaffet, hällde upp i kopparna och satte sig. Jakob reste sig och gick in i vardagsrummet, genom hallen och ut på vägen; där stod han en stund, sedan gick han in mot centrum.

Han kom hem två timmar senare. Vera och Maria satt i vardagsrummet; de hade ännu inte tänt. Där är du, sade Maria. Ja, sade han. Vi satt just och undrade vart du tog vägen, sade Maria. Jag var tvungen att köpa cigaretter, sade han. Det var alldeles tyst en stund, så sade han: Det mulnar på. Ja, sade Maria, vi såg det. Vi hörde en gräshoppa, sade Vera. Jaså? sade Jakob. Han såg på henne; hon drog åt sig blicken. Han tog upp cigarettpaketet ur fickan. Vill du ha? sade han. Nej tack, sade Vera, jag har slutat igen. Han tände en åt sig själv. Vill någon ha öl? De ville inte. Han gick ut i köket och hämtade en flaska, tog ett glas, återvände, satte sig. Ingen sade något. Nej, jag får väl ge mig iväg hem, sade Vera. Du kan väl stanna här i natt, sade Maria. Tack, men, sade Vera. Du har ju ingen som väntar på dig, sade Maria. Nej, inte för det, sade Vera. Jag har ingen som väntar på mig. Du får det att låta som om det är synd om mig. Prat, sade Maria, det är väl inte synd om dig, varför skulle det vara synd om dig. Nej, det är ju det jag menar, sade Vera, så be mig då inte att stanna därför att det inte är någon som väntar på mig. Jag hade väl kunnat stanna även om det var någon som väntade på mig. Jo, naturligtvis, sade Maria. Vera reste sig. Går du? sade Maria. Jag ska på toaletten, sade Vera. Jakob följde henne med blicken. Vad besvärlig hon är, sade Maria. Jakob svarade inte. Maria reste sig och tände golvlampan. Och du bara försvann, sade hon. Han svarade inte. Hon stod bredvid den tända lampan; han såg inte på henne. Han hörde att hon andades hastigt och tungt, så sade hon: Jag står snart inte ut med det här längre. Nehej, sade han. Är det allt du har att säga, sade hon. Han svarade inte. Å herregud, sade hon. Jakob hörde Veras steg i trappan. Maria släckte lampan och satte sig. Det blev nästan mörkt. Vera kom in i rummet och gick fram till den öppna verandadörren, blev stående och såg ut. Jakob reste sig. Det är bäst jag går innan det börjar regna, sade Vera. Jakob gick genom hallen och in i gästrummet. Han stängde dörren. Sängen var bäddad. Han stod och såg på den några sekunder, och han kände en darrning i kroppen. Så gick han fram till fönstret. Molnbanken hade kommit alldeles nära; den delade himlen i två delar. Han drog till sig en stol. Han satt med armbågarna mot fönsterkarmen och såg ut i halvmörkret. Efter en stund hörde han låga röster från hallen, så gick det i ytterdörren, så blev det tyst. Han rörde sig inte. Plötsligt strök en vind genom lövverket på trädet utanför fönstret, och några ögonblick senare kom regnet. Hon hann inte, tänkte han. Han försökte uppfånga ljud från huset men hörde bara regnet. Det hade blivit nästan alldeles mörkt. Så blev det med ens alldeles ljust, och några sekunder senare hördes ett avlägset muller. Nu blir Maria rädd, tänkte han. Det kom nya blixtar och nytt muller; han räknade sekunderna; intervallerna blev kortare och kortare. Nu är hon rädd, tänkte han. Han reste sig och gick fram till dörren, gläntade på den och lyssnade. Han stod så en stund, sedan gick han genom hallen och in i vardagsrummet. Maria var inte där. Han gick ut igen och uppför trappan, in i sovrummet. Hon låg med täcket över huvudet. Maria, sade han. Hon slog täcket åt sidan. Hon var fullt påklädd. Jag har varit så rädd, sade hon. Det är ingenting att vara rädd för, sade han. Jag trodde du hade gått, sade hon. Han gick fram till fönstret. Stå inte där, snälla du. Han såg spegelbilden av henne i rutan. Det är inte farligt, sade han, vi har åskledare. Jag vet det, sade hon, men jag är rädd ändå, och jag blir ännu räddare när du står där. Han tog ett par steg bakåt; han kunde fortfarande se henne. Hon klev ur sängen. Det är visst över nu, sade han. Jag trodde du hade gått, sade hon. Vart skulle jag ha gått, sade han.

Ett underbart ställe

– KÖR DU INTE litet fort? sade hon.

– Nej, sade han.

Litet senare tog han av från riksvägen och in på den smala och kurviga nerfarten mot fjorden.

– Vad grönt det har blivit sedan sist, sade hon.

– Ja, sade han.

– Vägen har liksom blivit smalare, sade hon.

– Jag kör inte fort, sade han.

Just innan de kom till den stora eken där han brukade ställa bilen, sade hon att hon kände på sig att allt inte var som det skulle. Hon brukade säga det när de närmade sig sommarhuset, och han svarade inte. Någon gång får hon kanske rätt, tänkte han.

Han parkerade bilen. Han hjälpte henne på med den lättaste ryggsäcken.

– Börja gå du, sade han.

– Jag väntar på dig, sade hon.

– Jag hinner upp dig, sade han.

Han hann upp henne halvvägs ner på den branta, igenvuxna kärrvägen. Hon stod och väntade på honom.

– Är den tung? sade han.

– Nej, sade hon.

De fortsatte. Efter ett par minuter blev huset synligt under dem. Han saktade av; hon brukade alltid gå före de sista meterna. Hon sköt upp grinden, så sade hon:

– Det har varit någon här.

– Jaså? sade han.

– Jag lade en sten på grindstolpen, sade hon, och den är borta.

– Ja, ja, sade han, då har väl någon tagit den. Var det något särskilt med den?

– Nej, sade hon, en vanlig sten.

Han puffade igen grinden efter sig.

– Jag tycker inte om att någon har varit här, sade hon.

Han svarade inte. Han såg att äppelträdet stod i blom.

– Titta på äppelträdet, sade han.

– Ja, sade hon, är det inte vackert.

Hon hade kommit fram till dörren. Hon tog av sig ryggsäcken. Han gick fram till henne, ställde bärkassarna bredvid hennes ryggsäck och tog upp nyckeln ur fickan.

– Öppnar du? sade han.

– Gör det du, sade hon.

Han låste upp och gick in. Han ställde ifrån sig ryggsäcken på köksgolvet och fortsatte in i rummet. Han öppnade ett fönster och blev stående och såg ut över fjorden. Hon ropade på honom. Han gick ut till henne.

– Kan du inte vara snäll och hissa flaggan, sade hon.

– Nu? sade han.

– Jag tycker om att folk ser att vi är här.

Han såg på henne, så tog han bärkassarna och gick in igen. Han hämtade flaggan i byrålådan i farstun.

– Det var alltid det första pappa gjorde, sade hon, att hissa flaggan.

– Ja, sade han, jag vet det.

– Du har väl ingenting emot det?

– Du ser väl att jag har hämtat den, sade han.

Han gick bort till flaggstången.

De satt vid köksbordet. De hade ätit. Hon satt och såg ut genom fönstret, upp mot den täta skogen.

– Är det inte ett underbart ställe, sade hon.

– Jo, sade han.

– Jag tror inte det finns någon som har ett finare ställe, sade hon.

Han svarade inte.

– Jag skulle bara önska att vi kunde ta bort alla buskarna i skogsbrynet.

– Varför det? sade han.

– Det blir så ... man kan inte se vad som finns bakom.

– De ligger inte på vår tomt, sade han.

– Nej, sade hon, men ändå. Pappa brukade alltid ta bort dem.

De satt tysta en stund.

– Vad ska vi göra i morgon? sade hon.

– Ska vi göra något? sade han.

– Ja, jag vet inte. Ta en roddtur. Till Ormön kanske.

– Det är väl tillräckligt fint här, sade han.

– Jo visst. Ja, då stannar vi här, va? Dessutom finns det ju att göra här.

– I morgon kopplar vi av, sade han.

– Men dasstunnan måste tömmas, sade hon.

– Det är ingen brådska, sade han.

– Nej, bara det blir gjort så.

De stod nere på den cementerade bryggan, solen höll på att gå ner.

– Å, vad jag älskar det här stället, sade hon. Han sade ingenting.

– Där, precis där var det jag föll i vattnet.

– Ja, sade han, du har berättat det.

– Jag måste ha varit fyra år, sade hon.

– Fem, sade han.

– Ja, kanske det. Jag slog huvudet mot en av stenarna du ser där och fick ett djupt sår över örat, och om inte pappa hade – vad var det?

– Det lät som ett djur, sade han.

– Det var någon som ropade, sade hon.

– Nej, det lät mer som ett djur.

– Vi går in, sade hon.

De gick upp mot huset.

– Vi måste komma ihåg att ta ner flaggan, sade hon.

– Det är inte nödvändigt, sade han.

– Det har vi väl alltid gjort, sade hon.

– Ja, sade han, jag vet det.

– Det finns en regel som säger att man ska göra det, sade hon.

– Jag vet det, sade han.

– Jag vill att du ska göra det, Martin. Annars gör jag det.

– All right, all right, jag ska göra det.

När han kom in sade han:

– Jag öppnar en flaska vin.

– Ja, gör det, sade hon.

Hon satte sig på bäddsoffan. Han hällde upp i hennes glas.

– Tack, inte mer, sade hon.

Han hällde upp dubbelt så mycket åt sig själv

och satte sig vid fönstret.

– Det var där pappa brukade sitta, sade hon.

– Ja, du har berättat det, sade han. Och var brukade din mamma sitta?

– Mamma? Hon ... Varför frågar du det?

– Jag bara undrade. Skål.

– Jag tror hon i regel satt här på bäddsoffan. Hon läppjade på glaset. De satt tysta. Han sköt tillbaka stolen litet så att han kunde se ut över fjorden utan att behöva vrida på huvudet. Han drack.

– Så stilla det är, sade hon. Han svarade inte. Så sade han:

– Det står en man borta på udden.

Hon reste sig och gick fram till fönstret.

– Han ser hitåt, sade hon.

Hon öppnade fönstret.

– Varför öppnar du fönstret? sade han.

– För att han ska se att det är någon här.

– Varför det? sade han.

– För att han ska hålla sig borta. Ser du, nu försvann han.

Hon stängde fönstret och gick och satte sig.

Han såg på henne.

– Varför ser du på mig så där? sade hon.

– Jag bara ser på dig, sade han. Skål.

Han drack ur, reste sig, gick fram till bordet och hällde upp mer vin i glaset.

– Har du låst dörren? sade hon.

– Nej, sade han.

– Kan du inte göra det, sade hon.

– När vi lägger oss, sade han. Vi har väl aldrig låst innan vi lägger oss.

– Bara i kväll, sade hon.

– Varför det?

Hon svarade inte. Han gick ut i farstun. Han öppnade dörren och såg upp mot grinden och skogen, sedan stängde han igen och smällde i låset. Han stod kvar i den halvmörka farstun i några sekunder, han hörde bara sina egna andetag.

– Martin? sade hon.

Han gick in till henne.

– Jag trodde du hade gått ut, sade hon.

Han svarade inte. Han tog en stor klunk ur glaset. Hon såg på klockan.

– Jag tror jag ska lägga mig snart, sade hon.

– Ja, gör det du, sade han.

– Ska du lägga dig? sade hon.

– Inte riktigt än. Det är så fint att sitta här och se ut över fjorden.

– Ja, visst är det? sade hon. Visst är det ett underbart ställe?

– Jo visst, sade han.

Han såg på henne.

– Jag tycker du tittar så konstigt på mig, sade hon.

– Tycker du det? sade han.

Hon grep glaset. Hon drack ur.

– Jag är ledsen att jag är så trött, sade hon. Det är säkert den friska luften.

– Ja, sade han. Gå och lägg dig du bara.

Hon sov. Han klädde av sig och smög in under täcket. Hon låg med ryggen till. Efter en stund lade han handen på hennes höft. Hon gnydde svagt. Han lät handen ligga kvar. Han kände lemmen växa. Han flyttade handen litet längre ner. Hennes kropp ryckte till, som av en elektrisk stöt. Han drog åt sig handen och vände sig på andra sidan.

Han hade varit uppe vid bilen och hämtat en reprulle. På vägen ner stannade han vid grinden och blev stående och betraktade huset och tomten. Så tog han upp en sten och lade den på grindstolpen. Han gick ner på framsidan av huset och bort till sjöboden. Hon låg på bryggan och läste. Han hängde upp reprullen på en knagg under takskägget, sedan satte han sig med ryggen mot väggen och såg ut över fjorden. Efter några minuter gick han bort till henne. Hon tittade upp och log.

– Är det inte underbart, sade hon.

– Vad då? sade han.

– Här, sade hon.

– Jo visst, sade han.

– Att du inte hämtar den andra madrassen och lägger dig här i solen, sade hon.

Han svarade inte. Han såg upp mot huset och sade:

– Tornsvalorna har inte kommit än.

– De kan vara här när som helst, sade hon. Det är vid den här tiden de kommer.

– Om de kommer, sade han.

– Det gör de säkert. De har alltid kommit. En gång såg pappa dem när de kom. De flög rakt in under samma takpanna som året innan.

– Ja, du har berättat det.

– Förr i tiden trodde man att när svalan bygger bo i ett hus, så betydde det lycka för dem som bodde där.

– Ja, sade han.

Han började gå upp mot huset.

Han hade burit en vilstol bort till äppelträdet och låg tillbakalutad och såg upp mot skogen. Plötsligt hörde han att hon ropade hans namn, högt, som om det hade hänt något. Han reste sig och gick ner mot bryggan. Hon satt upp, med ryggen mot fjorden.

– Vad är det? sade han.

Hon vinkade honom närmare.

– Han var där igen, mannen, borta på udden.

– Vad är det med det då? sade han.

– Jag ropade på dig för att han skulle förstå att jag inte var ensam.

Han såg på henne.

– Är du rädd att han ska komma och ta dig? sade han.

– Martin då, sade hon.

Han fortsatte att se på henne, så vände han sig om och gick upp mot baksidan av huset.

De hade ätit. En molnbank hade vuxit fram i väster och den låga solen hade försvunnit bakom den. Hon satt på bäddsoffan och läste, han stod vid fönstret och såg ut över fjorden.

– Jag öppnar en flaska vin, sade han.

– Ja, sade hon, gör det.

Han korkade upp flaskan och ställde den och två glas på bordet framför henne. Han hällde hennes glas fullt.

– Så mycket! sade hon.

– Ja, sade han.

Han tog med sig sitt eget glas och satte sig på stolen vid fönstret.

– Du tycker visst om att sitta där, sade hon.

– Ja, sade han.

Hon fortsatte att läsa. Efter en stund såg hon upp och sade:

– Har du halat flaggan?

– Ja, sade han.

– Har du? sade hon.

– Nej, sade han.

– Varför sade du ja? sade hon. Han svarade inte. Så sade han:

– I morgon far jag in till stan och köper en vimpel.

– Nää, sade hon, inte vimpel, det är så ... Vi har aldrig haft vimpel.

Han svarade inte.

Hon lade ifrån sig boken, reste sig och gick ut i köket. Han hörde henne öppna och stänga ytterdörren, så blev det tyst. Han tog en stor klunk vin, sedan en till. Han gick fram till bordet och fyllde glaset. Han satte sig och såg ut över fjorden. En stund senare gick det i dörren. Han hörde att hon drog ut byrålådan, sedan sköt hon in den igen. Hon kom in i rummet och satte sig på bäddsoffan.

– Skål, sade hon.

– Skål, sade han.

De drack.

– Jag tog ner flaggan, sade hon. Jag är ledsen om du tror att jag tycker det är du som ska göra det.

Han svarade inte.

– Du har ju alltid gjort det förut. Jag visste inte att du hade något emot det.

Han svarade inte.

– Vet du, sade hon, jag har aldrig gjort det förut. Det var alltid pappa som gjorde det. Och sedan var det du. Jag har aldrig varit här ensam.

– Nej, jag vet det, sade han.

De hade suttit tysta länge. Hon läste. Han hade druckit ur och fyllt sitt glas med mer vin. Nu lade hon ifrån sig boken.

– Jag börjar visst bli trött, sade hon. Hur mycket är klockan?

– Tio över tio, sade han.

– Då är det ju inte så konstigt, sade hon. Jag steg upp så tidigt.

– Jag ska också lägga mig, sade han.

– För mig får du gärna sitta uppe, sade hon.

Hon reste sig.

– Jaha, sade han. Då kan jag lika gärna sitta uppe ett tag till.

– Jag menar, sade hon, ditt glas är ju fortfarande nästan fullt.

– Ja, jag ser det, sade han.

När det hade blivit tyst i huset tog han på sig en vindtygsjacka och låste efter sig. Han stod på bryggan en stund, sedan började han gå bort mot udden. En blek månskära stod över åsen i öster. Luften var stilla och vattnet kluckade nästan ljudlöst bland strandstenarna.

Han blev stående några minuter längst ute på udden, sedan gick han snabbt tillbaka till huset och låste upp dörren. Han öppnade en ny flaska vin och satte sig på bäddsoffan. Klockan var över elva. En timme senare var flaskan tom. Han ställde de två tomma flaskorna bredvid varandra på bordet och reste sig. Han tog av sig vindtygsjackan och slängde den på bäddsoffan. Han gick genom köket och uppför trappan, öppnade dörren till sovrummet och tände taklampan. Hon låg med ryggen till. Hon rörde sig inte. Han gick bort till skåpet och tog fram en yllefilt. Det trillade ut malkulor över golvet. Han slog igen skåpdörren hårt. Hon rörde sig inte. Han slet av henne täcket.

– Martin! sade hon.

– Ligg där bara! sade han.

– Vad är det? sade hon.

– Ligg där bara! sade han.

Sedan gick han.

Hon låg på bryggan. Han såg henne från fönstret i rummet. Vinflaskorna och glasen var undanstädade. Vindtygsjackan låg på bäddsoffan.

Han gick ut och upp till grinden. Han tog stenen som låg på grindstolpen och kastade i vägden, sedan fortsatte han uppför kärrvägen.

Han satte sig i bilen och startade motorn. Han backade ut bilen på vägen, sedan körde han in den igen och slog av motorn. Han satt alldeles stilla och såg rakt fram, länge.

På nervägen mötte han henne.

– Var har du varit? sade hon.

– Bara tagit en promenad, sade han.

– Du kunde ha sagt till. Jag hittade dig ingenstans.

– Jag tog bara en promenad, sade han.

– Jag blev rädd, sade hon.

– Varför det? sade han.

– Det förstår du väl, sade hon. Först det i natt, och så det här.

– Glöm det i natt, sade han.

Hon såg på honom.

– Glöm det, sade han. Jag hade druckit för mycket, det var ingenting, jag vet inte vad det var.

– Jag blev alldeles utom mig, sade hon.

– Blev du? sade han.

Han började gå ner mot huset. Hon följde efter.

Han satt längst ute på bryggan och såg ut över fjorden. Hon låg bakom ryggen på honom och solade sig. Hon sade:

– Är det inte ett underbart ställe.

– Jo visst, sade han.

De osynliga

NÄR BERNHARD L. återvände till barndomshemmet för att delta i sin fars jordfästning, gav Marion honom en ganska tafatt kram. Det var en varm eftermiddag, och hon hade stora våta fläckar under armarna. Du kom alltså, sade hon. Han sade att han var trött efter resan och att han gärna ville byta om. Hon hade gjort i ordning vindsrummet åt honom. Fönstret stod öppet och solen flödade in över golvet. Han klädde av sig naken och lade sig på sängen. Han rörde vid sig själv och försökte frammana den fantasibild som hade eggat honom så starkt i den trånga tågkupén, men lyckades inte. Så hörde han att Marion kom uppför trappan, och han klädde på sig. Genom fönstret kom ljud från gatan utanför. Marion gick nerför trappan igen. Han öppnade dörren till garderoben och hängde upp den svarta kostymen.

När han litet senare gick ner till Marion satt

hon i vardagsrummet och grät. Han antog att hon inte hade hört honom komma, men han var inte säker, för hon såg ut som om han hade ertappat henne med att göra något galet. Han visste inte vad han skulle säga. Han gick fram till fönstret. Han stod och såg ut på den lilla trädgården på baksidan. Du höll av honom, sade han. En svart katt hoppade upp på staketet. Jag skulle ha varit snällare mot honom, sade hon. Det var ju du som tog hand om honom, sade han. Katten hoppade från staketet och upp på taket till det gamla cykelstallet. Hon sade: Han kunde vara så … men han hade ju ont … ibland önskade jag nästan … jag ångrar mig så. Han tände en cigarett. Jag trodde ju inte att han skulle dö, sade hon. Han frågade hur det hade gått till. Det dröjde en stund innan hon svarade. Han slog av askan i en av blomkrukorna. Han satt på den där stolen, sade hon. Jag var i köket. Han sade att jag skulle komma och läsa tidningen för honom. Jag svarade att jag stod mitt uppe i middagen. Han sade att han inte var hungrig. Men det är jag, sade jag. Sedan var det tyst en stund, så sade han: Kommer du snart. Jag svarade inte, jag var förargad på honom. Litet senare ropade han mitt namn, eller sade det, han ropade i varje fall inte särskilt högt. Men jag gick inte in förrän två tre minuter senare, och då var han död.

Bernhard såg sin far framför sig, men han kände ingenting. Marion började gråta igen. Han såg sig omkring efter en askkopp att släcka cigaretten i. Han gick ut i köket och kastade den i slasken. Sedan drack han ett glas vatten. Det ringde på dörren. Marion bad honom öppna. Det var en kvinna. Hon såg på honom och sade: Du måste vara Marions bror. Ja, sade han. Hon gick före honom in i vardagsrummet. Marion var inte där, han tänkte att hon måste ha gått ut i köket för att avlägsna spåren efter gråten. Kvinnan sträckte fram sin hand mot honom, den var fuktig, men han tyckte inte det gjorde något. Camilla, sade hon. Bernhard, sade han, jag ska gå och hämta Marion. I samma stund kom hon. Han stod och såg på dem en stund; på alla synbara sätt var de så olika att han inte kunde förstå vad de hade med varandra att göra. Camilla stod med ryggen till, kläderna smet åt kring hennes kropp, han tänkte: Har Marion inte förstått att hon bara blir utnyttjad? I nästa ögonblick slog han bort tanken. Camilla vände sig mot honom och sade något. Han svarade. Hon log och slog ner blicken. Hon står i butik, tänkte han. Marion sade en halv mening och gick ut i köket. Han öppnade ett fönster. Sätt dig, sade han. Hon satte sig. Marion blev nog glad för att du kom, sade hon. Han skrattade. Han satte sig mitt emot henne. Han frågade om hon hade känt hans far. Hon gav ett långt svar medan hon såg ömsom på sina händer och ömsom på honom: Hon hade känt honom och ändå inte känt honom. Hon satt längst ut på stolen med knäna ihop och händerna i kors på låren. Han bjöd henne på en cigarett och gav henne eld. Han undrade vem av dem som först skulle upptäcka att det inte fanns någon askkopp. Till slut sade han: Jag skall hämta en askkopp. Han gick ut i köket. Marion gjorde i ordning ett fat med smörgåsar. Hon gav honom en minimal askkopp. Har du ingen större, sade han. Usch då, sade hon och gav honom en stor. Han gick in i rummet. Han frågade Camilla hur hon och Marion hade lärt känna varandra. Hon berättade det. Marion kom in och lade ut en vit duk på bordet. Låt mig hjälpa dig, sade Camilla, men hon reste sig inte. Nej då, sade Marion. Hon dukade och de åt. Camilla och Marion talade om en väninna som hade fått ett barn med ryggmärgsbråck. Klockan var sju. Bernhard lade märke till att Camilla hela tiden kastade blickar bort mot honom. Han satt och föreställde sig henne. Så kom det en geting och satte sig på en av smörgåsarna, och Camilla reste sig och gick ut mitt på golvet. Hon sade att hon var allergisk mot getingstick. Marion tog en ostsmörgås och klämde ner den ovanpå brödskivan där getingen satt. Bernhard skrattade. Marion gick fram till fönstret och kastade ut båda brödskivorna i trädgården. Så där, sade hon. Bernhard skrattade igen. Marion och Camilla satte sig. Ät nu, sade Marion, Bernhard tyckte hon såg glad ut. Camilla sade att sist hon blev stucken fick hon åka till akuten. Ät nu, Bernhard, sade Marion. Han sade att han var nöjd. Han reste sig. Han gick ut i hallen och uppför trappan. Dörren in till Marions rum var stängd, han öppnade den och blev stående på tröskeln och såg in. Sängen var obäddad och över stolsryggarna hängde det klädesplagg. På byrån stod ett förstorat fotografi i ram; fadern och modern på den höga gatutrappan, de log. Han stängde dörren och gick ner igen.

Litet senare skulle Camilla gå. Bernhard gick upp till vindsrummet. När han böjde sig ut genom fönstret kunde han se ner på gatutrappan rakt under sig. Camilla stod med ansiktet mot dörren; han kunde bara se håret och en bit av hennes kropp. Det var Marion som talade, men han uppfattade inte vad hon sade. Nej, nej, inte alls, sade Camilla. Hon började gå nerför trappan. Han drog in huvudet. Han såg henne snedda över gatan och försvinna i gränden mellan urmakaren och bageriet. Slampa, sade han inom sig. Han mötte sina ögon i spegeln ovanför byrån, höll kvar blicken en stund ganska länge, ögonen började le, och han sade: Så ja. Slampa.

Han sparkade av sig skorna och slängde sig på sängen, men han steg genast upp igen, gick bort till dörren, böjde sig ner och såg vad han kunde se genom nyckelhålet. Han såg den översta delen av trappan och dörren in till det som hade varit föräldrarnas sovrum. Han lade sig igen. Det kom nästan inga ljud genom fönstret, bara någon enstaka gång från en bil som for förbi. Klockan var tio i åtta. Han tänkte: Jag måste be om en extra kudde. Han tände en cigarett. Det fanns ingen askkopp. Han lade den ena skon på nattduksbordet, med sulan upp. Jag borde väl gå ner till henne, tänkte han. Det var ju för hennes skull jag kom. Jag måste ändå be att få en extra kudde, och en askkopp. Hon kanske sitter och väntar på mig. Hon kanske tycker att hon inte kan gå ut eftersom jag har kommit. Han slog av askan på sulan. Han försökte tänka ut något de kunde tala om. Så hörde han att det gick i en dörr, därpå steg i trappan. Han skyndade sig bort till dörren och lade ögat mot nyckelhålet. Han såg henne tydligt när hon passerade synfältet, han såg att hon vred på huvudet och såg rakt på honom.

Litet senare gick han ner. Han gick tyst, men utan att smyga.

Han gick ut i trädgården och satte sig på en grönmålad fällstol vid ett runt bord av smidesjärn. Efter en stund lade han märke till stillheten; ingenting rörde sig och inga ljud hördes. Han kände sig plötsligt övergiven, nästan som inspärrad, och han reste sig. Han gick in mellan den smala blomsterrabatten och den ännu smalare grönsakssängen, bort till staketet. Han stod med ryggen mot staketet och såg på huset och tänkte: Jag har ju ingenting här att göra. I detsamma såg han Marion; hon stod i vardagsrummet, ett stycke från fönstret; hon såg på honom. Hon kan inte vara säker på att jag har sett henne, tänkte han, och han lät blicken vandra vidare. Så satte han sig på huk och började rycka upp ogräs bland rättikorna medan han sneglade mot dörren. Hon kom inte. Då tror hon att jag inte har sett henne, tänkte han. Han fortsatte att luka, och efterhand kände han belåtenhet, nästan ett slags glädje, när han betraktade det rena, välordnade miniatyrlandskap som växte fram mellan händerna på honom. Han slutade snegla mot dörren, nu kunde hon komma, han var upptagen, han hade en hel grönsakssäng framför sig.

Han hade hunnit fram till salladen då Marion kom ut tillsammans med en man som bar en flaska i handen. Marion bar på tre glas. Bernhard rätade på ryggen. Marion sade att han måste hälsa på Oskar. Hon ställde ner glasen på det runda bordet. Bernhard nickade åt Oskar, så gick han och sköljde av händerna under trädgårdskranen. Han kände sig fångad. Marion hällde upp vin i glasen. Bernhard skakade av vattnet från fingrarna och gick fram till bordet. Oskar sträckte fram handen. Jag är blöt, sade Bernhard. Spelar ingen roll, sade Oskar. Han är chaufför, tänkte Bernhard. Skål, sade Marion. De drack. Oskar tog av sig kavajen, han hade svart, lockigt hår på armarna. Oskar och jag ska gifta oss, sade Marion. Gratulerar, sade Bernhard. Han försökte se dem framför sig men lyckades inte. Oskar är inom polisen, sade Marion. Usch då, sade Bernhard. Oskar log. Då kom ju dödsfallet lägligt, tänkte Bernhard. Han såg på Oskar och sade: Det är första gången jag har skålat med en polis. Är det inte en fin kväll, sade Marion. Dina grönsaker behöver vatten, sade Bernhard. Usch ja, sade Marion. Det vackra vädret ska visst fortsätta, sade Oskar. Jag ska vattna dem, sade Bernhard. De drack. Bernhard rökte. Oskar talade om en kollega som fått en kanot stulen. Bernhard drack ur, och Marion fyllde på hans glas. Han reste sig och gick in i huset, upp på övervåningen, in på vindsrummet. Han stod rakt upp och ner på golvet och lät tiden gå, sedan gick han ner igen. Han satte sig och tog en stor klunk vin. Han tände en cigarett. Marion och Oskar pratade. Jag måste komma ihåg att be om en extra kudde, tänkte Bernhard. Sedan tänkte han: Jag går inte på jordfästningen. Han tänkte det om igen, flera gånger. Marion reste sig. Jag ska bara ..., sade hon. Tror du jag kan få en extra huvudkudde? sade Bernhard. Javisst, naturligtvis. Hon gick in i huset. Oskar kliade sig på armen. Har ni känt varandra länge? sade Bernhard. Åtta månader, sade Oskar. Då kände du min far? Ja. Väl? Nej, inte väl. Han var ju sjuk. Han hade inte direkt något behov av att träffa någon annan än Marion. Ja, och dig, naturligtvis. Bernhard skrattade. Mig, sade han. Marion kom ut igen, hon hade en jacka över axlarna. Bernhard reste sig. Han gick bort till det gamla cykelstallet; en gång i tiden hade det brukat stå en vattenkanna där. Den stod fortfarande kvar. Han fyllde den under kranen och gick bort till grönsakssängen. Han kunde inte höra vad Marion och Oskar sade. Jorden kring rättikorna blev svart. Han tänkte: Han är säkert brutal. Och plötsligt stod fantasibilden från tågkupén alldeles tydlig för honom, och in i bilden steg Camilla och tog den anonyma kvinnans plats. Han ville ta med sig bilden upp på vindsrummet, och han gick i väg för att ställa tillbaka vattenkannan i cykelstallet. Marion sade: Vi borde väl tala om morgondagen, Bernhard. Morgondagen? Ja, jag har bjudit hem några till oss efter jordfästningen, jag hoppas du tycker det går bra. Ja, sade Bernhard, det är väl så det går till. Han fortsatte bort till cykelstallet, ställde ifrån sig kannan, tände en cigarett, gick tillbaka till bordet, satte sig. Marion och Oskar talade med varandra. Vinglaset var fullt, han drack. Det hade blivit mörkare, ansiktena var inte riktigt tydliga, han kände sig nästan osedd. Nästan fri.

Litet senare gick Marion och Oskar in. Bernhard satt kvar och rökte och läppjade på vinet. Han tänkte: Vilket fint mörker. Plötsligt kände han ett lätt tryck mot högra benet, och han ryckte till och gav ifrån sig ett litet skrik. Vinglaset han höll i handen skvalpade över, och trots att han nästan i samma ögonblick såg att det var en katt som hade strukit sig mot hans byxben, satt den plötsliga rädslan kvar, som en förnedring, och han sparkade efter katten och kände och hörde att han träffade. Han sköt stolen bakåt och reste sig, stod ett ögonblick orörlig, så slet han sig loss och började gå fram och tillbaka på den stenlagda gången framför huset. Han uttalade sitt eget namn inom sig, gång på gång, som en besvärjelse, och så småningom blev han lugnare. Han stannade under det öppna vardagsrumsfönstret, lyssnade efter röster, men det var tyst. Han gick bort till husets norrsida, till grinden ut mot gatan, lyfte av den stora haspen och gick ut. Han sneddade över gatan och in i gränden mellan urmakaren och bageriet, där stannade han och lät blicken glida längs de gamla husen som stod och lutade sig mot varandra. Så vände han och gick samma väg tillbaka. Slampa, sade han inom sig. Slampa, slampa, slampa. Han gick in genom grinden. Han tände en cigarett. Genom ett öppet fönster i grannhuset kom musik. Han släppte den halvrökta cigaretten och trampade på den och tänkte: Jag måste komma ihåg askkopp. Han gick genom vardagsrummet och in i köket. Marion stod och strök en vit blus. Han var rädd för att hon skulle vilja att de talade med varandra, så han sade att han var trött och tänkte lägga sig. Hon såg på honom och log. Du har det inte riktigt bra, eller hur? sade hon. Jo, sade han, jag är bara trött. Han bad om en askkopp. Hon hämtade en åt honom och sade att hon hade lagt en extra kudde på hans säng. Han lade pekfingret på hennes underarm, och hon såg på honom, nästan bönfallande, tänkte han. Så sade han godnatt och gick.

Under jordfästningen dagen därpå satt han mellan Marion och faderns brorson Gustav. Marion höll en näsduk i handen, men hon använde den inte. Prästen talade om en pliktuppfyllande far och de efterlämnades sorg och saknad, som tiden nog kunde lindra, men aldrig helt avlägsna, för så var blodets band och kärlekens lag. Då den avslutande psalmen dog ut gick Bernhard snabbt ut ur kapellet och ända ut på gatan. Han tände en cigarett. Det fanns bara tre kvar i paketet och han tänkte: Jag måste komma ihåg att köpa nya. Efter en stund kom Marion ut tillsammans med Oskar och Camilla. Bernhard såg åt ett annat håll. Han tänkte på hur han hade tagit Camilla på vindsrummet kvällen innan; hon hade gjort motstånd men blivit besegrad. Han började gå bortåt på trottoaren. Marion ropade på honom. Han stannade och vände sig om. Du kan åka med Camilla, sade hon. Jag måste köpa cigaretter, sade han. Jag tar en taxi. Hon såg på honom. Som du vill, sade hon. Han skrattade. Vad är det, sade hon. Ingenting, sade han. Han fortsatte bort på trottoaren. Som du vill, sade han inom sig. Som du vill, som du vill. Han stannade vid en kiosk och köpte två paket cigaretter, sedan hejdade han en taxi. Chauffören såg på honom i spegeln, och efter en stund sade han: Fest mitt i veckan? Ja, svarade han. Bröllop? Ja, min syster ska gifta sig. Då blir det klackarna i taket, va? Ja, klackarna i taket. Bernhard flyttade sig så nära bildörren att chaufförens ögon försvann ur spegeln. Han tog av sig den svarta slipsen och stoppade ner den i fickan, sedan knäppte han upp den översta skjortknappen. Du kan förresten stanna här, sade han. Jag måste köpa cigaretter. Jag går den sista biten. Han betalade. Chauffören önskade honom mycket nöje. Bernhard skrattade. Tack, sade han.

Gästerna hade kommit. Några av dem kom fram till Bernhard, presenterade sig och kondolerade. De talade lågt och såg bekymrade ut. Bernhard tände en cigarett. Marion log mot honom. Så bad hon alla sätta sig. Bernhard satte sig vid det minsta bordet. Charlotte, hans mors syster, satte sig bredvid honom. Jag vill sitta hos dig, sade hon. Vill du det, sade han. Marion och Camilla serverade kaffe. Det stod askkoppar på bordet, han släckte cigaretten. Ja ja, sade Charlotte. Bernhard höll fram fatet med snittar till henne. Å, rökt lax, sade hon, det är det bästa jag vet. Ta två, sade Bernhard. Camilla kom och satte sig mitt emot honom. Kan jag det då? sade Charlotte. Naturligtvis, sade Bernhard. Då gör jag, det, sade hon. Hon fnissade. Man ska ta det man har lust på, sade Bernhard och ställde fatet framför Camilla. Han såg på henne, mötte hennes blick, hon log. Han tänkte: Du skulle bara veta. De åt. Visste du det, Bernhard, sade Charlotte, att nu är jag äldst i släkten. Är du det, sade Bernhard. Så nästa gång är det min tur, sade hon. Det är inte säkert, sade han. Joo då, sade hon. Han svarade inte. Charlotte lade handen på hans arm. Du ska inte tro att det gör något, sade hon. Då så, sade han. Han såg sig omkring. Ingen såg bekymrad ut längre. Han höll fatet åt Charlotte. Det här är den fjärde begravningen jag är på i år, sade hon. Om man räknar med mina undulater. Bernhard skrattade. Undulater? sade han. Ja, de dog för två månader sedan. Det var en hon och en han, och så kom det ägg, och så åt de upp sina barn, och så dog de. Av att äta upp äggen? sade han. Jag antar det, sade hon. Det är mot naturen att äta upp sina egna barn. Bernhard skrattade. De kanske var släkt, sade han. Vilka? sade hon. De båda undulaterna, sade han. Varför det? sade hon. Inte för något, sade han. Han tyckte sig märka att Camilla såg på honom, och han flyttade ögonen till henne, så snabbt att hon inte hann dra åt sig blicken. Han log, och hon log tillbaka. Nästa gång ska jag se på hennes bröst, tänkte han. Marion reste sig och slog med skeden mot koppen. Hon sade att hon inte skulle hålla något tal utan bara tacka alla för att de hade velat komma för att i all enkelhet hedra hennes fars minne. Hon ville inte säga något om vad hon kände en dag som denna för då skulle hon bara börja gråta. Men hon ville än en gång tacka alla och hoppades att den enkla måltiden smakade. Så satte hon sig ner, och under några sekunder satt gästerna tysta, de flesta med böjt huvud. Sedan fortsatte de att äta. Vilket fint litet tal, sade Charlotte. Ska inte du också säga något? Nej! sade han så högt och kort att både Charlotte och Camilla såg på honom. Han kände att han blev stel i ansiktet. Han smulade sönder den halvrökta cigaretten i askkoppen. Charlotte lade handen på hans arm, han drog åt sig den. Han tände en ny cigarett. Han uttalade sitt namn inom sig, flera gånger. Camilla satt rak i ryggen och stirrade ner i assietten. Ja ja, sade Charlotte. Bernhard letade förgäves efter något att säga. Han grep fatet och höll fram det mot Charlotte. Nej tack, Bernhard, sade hon, nu är jag nöjd. Hon sade det så milt och vänligt att han kände en våg inom sig. Och plötsligt kom han ihåg en ramsa som han ofta hade hört henne säga då han var pojke, och han vände sig mot henne och sade: Minns du … det var en mening, ett slags ramsa du brukade citera när jag var liten och du skulle trösta mig, den började med sucka mitt hjärta … minns du? Charlotte log. Ja, ja, jag minns. Sucka, mitt hjärta, men brist inte, du har en vän, men du vet det inte. Men vet du, det var nog … jag var så ung på den tiden … det var nog lika mycket för att trösta mig själv som för att trösta dig. Det var när jag bodde hos er, du var, låt mig se, du gick i tredje klass. Bodde du hos oss, här? sade Bernhard. Ja, i ett halvår. Det minns jag inte, sade Bernhard. Vad konstigt, sade Charlotte, du måste ju ha varit nio år. Jag minns nästan ingenting, sade Bernhard. Han tände en cigarett. Vet du vad, sade Charlotte, jag skulle så gärna vilja ha en cigarett. Jag röker inte, bara någon enstaka gång. Han höll fram paketet mot henne och gav henne eld. Vill du ha en? sade han till Camilla. Tack, sade hon. Hon såg på honom medan han gav henne eld. Han drog åt sig blicken. Slampa, tänkte han, vänta bara. Camilla sade: Hur länge stannar du? Tills i morgon, sade han, sedan tillade han: Jag vet inte. Sedan tänkte han: Nu! – och han såg på hennes bröst. Så sköt han stolen bakåt och reste sig. Utan att se på någon ställde han tillbaka stolen och gick. Jag gjorde det, tänkte han, jag gjorde det. Han gick upp på vindsrummet, tog av sig den svarta kostymen och lade sig på sängen, och där tog han henne med våld.

Bernhard vaknade av en dröm. Solen sken snett in genom fönstret. Han klädde på sig och öppnade dörren. Allt var tyst. Han gick nerför trappan. Dörren ut till trädgården var låst; han låste upp och gick ut. Luften var alldeles stilla men över berget i öster låg ett stort moln. Han satte sig vid smidesjärnbordet och höll ögonen på det. Det kom inte närmare. Han tänkte: det är som om allt är som förr, som om ingenting har hänt.

Litet senare, han satt fortfarande och betraktade molnet som inte kom närmare, hörde han steg bakom sig. Det var Marion. Är det här du är, sade hon. Det där molnet har stått på samma ställe i snart en halvtimme, sade han. Det skulle ha varit bra med litet regn, sade hon. Det rör sig inte, sade han. Marion stoppade ett finger i munnen och höll upp det i luften. Det är ingen vind, sade hon. De satt tysta en stund. Vill du ha något? sade Marion. Vad då, frågade han. Ett glas vin? sade hon. Ja tack, sade han. Hon reste sig och gick in. Han stoppade ett finger i munnen och höll upp det i luften. Hon vill säkert prata, tänkte han. Hon kom ut med en flaska vin och två glas med hög fot. Vilka fina glas, sade han. Jag har fått dem av Oskar, sade hon. Jag vill i varje fall inte prata om Oskar, tänkte han. De drack. Bernhard tände en cigarett. Du försvann så snabbt från bordet, sade Marion, var det något som var fel? Nej, sade han, jag fick bara plötsligt så ont i huvudet. Jag ska hälsa så mycket från moster Charlotte, sade Marion. Han skrattade. Så sade han: Hon är äldst i släkten och den som ska dö härnäst, sade hon, och hon går på den ena begravningen efter den andra, och hennes undulater dog därför att de åt upp sina ungar. Marion log. Hon är rar, sade hon, hon är lik mamma. Bernhard sade: Hon påstod att hon bodde här i ett halvår en gång när mamma var sjuk. Ja visst, sade Marion, det året jag började i skolan. Mamma var på sjukhus. Vad var det för fel på henne? Jag vet inte så noga, något med nerverna. Vad konstigt att jag inte minns det, sade Bernhard. Du saknade henne väl inte, sade Marion. Han svarade inte. Han drack. Marion hällde upp mer vin i hans glas. Har du ofta ont i huvudet? sade hon. Nej, sade han. Jo. Då och då. Han kastade ifrån sig cigaretten och tände en ny. Titta, sade han, molnet har inte rört sig än. Camilla sade att du far redan i morgon, sade Marion. Ja, sade han. Vad synd, sade hon. Jag måste tillbaka till jobbet, sade han. Han drack. Det var ett gott vin, sade han. Efter en stund kastade han en hastig blick på henne; hon satt och såg ner i knät och skakade nästan omärkligt på huvudet. Till slut sade hon, utan att titta upp: Du vill inte prata, va? Jag pratar ju, sade han. Du vet mycket väl vad jag menar, sade hon. Han svarade inte. Jag blev så glad när du kom, sade hon, men det märkte du kanske inte. Han svarade inte. Han visste inte vad han skulle säga. Så sade han: Jag kom bara för din skull. Jag trodde … Han reste sig. Gå inte, sade Marion. Jag går inte, sade han. Vad trodde du? sade hon. Han svarade inte. Efter en stund sade han: Jag kan inte rå för att jag är som jag är. Om jag exempelvis slår ihjäl en människa, så kan jag inte rå för det, men jag slår inte ihjäl någon, för det är inte sådan jag är. Allt jag gör gör jag därför att det är sådan jag är, och det är inte mitt fel att jag är sådan. Sedan får andra säga vad de vill. Förstår du? Han grep glaset och drack. Sedan tände han en cigarett. Han gick bort till blomsterrabatten, där han blev stående och såg ner på den torra jorden. Så såg han på molnet över berget; han tyckte det hade blivit mindre. Han vände sig om mot Marion; hon satt framåtböjd och vred glaset runt runt på bordsskivan. Han gick och satte sig. Jag kan också bli alldeles utom mig, sade Marion. Ja, sade han. Men nu får du det väl bättre. Hon såg på honom. Nu när pappa är död, menar jag. Men Bernhard då! sade hon. Han skrattade. Nehej, sade han, då talar vi inte mer om det. Jag går och vattnar blommorna.

Senare, medan de åt middag, kom det en vind som fick gardinerna att fladdra, och när de reste sig från bordet blixtrade det. Bernhard gick ut i trädgården. Solen sken men himlen i norr var mörk, och han hörde det mullra långt borta.

Han satte sig vid smidesjärnbordet; han satt med ansiktet mot norr och väntade på regnet. Det blixtrade till igen och han tänkte: Som en blixt från en klar himmel. Så tänkte han: Men det är ju omöjligt, en blixt från en klar himmel är ju omöjligt. I detsamma ropade Marion hans namn. Hon stod i dörröppningen. Jag tittar bara över till Camilla, sade hon, stannar du här? Han nickade. Hon vinkade och gick. Ett par minuter senare reste han sig och gick in. Han ropade hennes namn. Så gick han uppför trappan och in på Marions rum. Sängen var bäddad och det hängde inga klädesplagg över stolsryggarna. Han gick fram till byrån och stod och betraktade fotot av föräldrarna. Han tänkte: Jag är mer lik honom än jag är lik mamma. Han stod kvar framför fotot en stund till, han kände något inom sig som han trodde skulle växa sig större, men det gjorde det inte. Så drog han ut den översta byrålådan, såg ner i den och sköt in den igen. Han bara gjorde det. Han gjorde samma sak med den näst översta och den näst nedersta lådan. Den nedersta var låst. Det fanns ingen nyckel. Han drog ut den näst nedersta lådan helt och hållet och ställde den på golvet, och genom öppningen kunde han se en plånbok, en brevbunt med gummisnodd om, två små askar, en fickalmanacka och ett glasögonfodral. Och litet för sig själv, alldeles till höger, en dagbok. Han stack in handen och tog upp brevbunten; allihop var adresserade till fadern, han lade tillbaka dem igen. Han såg mot den öppna dörren och lyssnade, sedan tog han plånboken och öppnade den. Det låg sju tusenlappar i den, i övrigt ingenting. Han lade plånboken exakt där den hade legat. Han grep dagboken; under den låg en porrtidning. Han öppnade dagboken, det var Marions. Han lade tillbaka den igen och lyfte upp lådan från golvet, blev stående med den en stund, den var full med underkläder, sedan ställde han ifrån sig den igen. Han tog upp dagboken, bläddrade bakåt i den, till det sista hon hade skrivit. Onsdagen den 17 augusti. Bernhard kom, det hade jag inte trott. Jag tycker så oerhört synd om honom, trots att jag liksom inte vet om jag har någon anledning till det. Han frågade både Oskar och Camilla hur väl de kände pappa. Camilla säger att det är något nästan skrämmande över honom, till exempel hans sätt att le, men Oskar säger att han tycker han verkar som en helt vanlig människa. Han vill väl trösta mig.

Bernhard slog igen dagboken och lade den så att den dolde porrtidningen, sedan sköt han lådan på plats och gick snabbt ut ur rummet och nerför trappan. Han stannade upp i hallen och tände en cigarett. Han öppnade dörren mot gatan och gick ut på trappan. Som en helt vanlig människa, tänkte han. Sedan tänkte han: De ser mig inte, det är ingen som ser mig. Efter en stund kom det några ungdomar ute på gatan; han slängde cigaretten och gick tvärs igenom huset och ut i trädgården, där satte han sig vid smidesjärnbordet. Hon tar säkert med sig Camilla, tänkte han, så att hon slipper vara ensam med mig.

Hon kom inte förrän solen hade gått ner och han hade tagit bort nästan allt ogräs från grönsakssängen. Rensandet hade gjort honom lugn, tankarna hade fört honom på fridsamma avvägar bortom här och nu, och när han hörde att hon kom tittade han upp och log. Hon kom ända fram till honom. Vad fint du gör, sade hon lågt med värme i rösten, och han kände en våg inom sig. Ja, sade han. Hon stod kvar, hon sade inget mer. Vågen rullade inom honom. Han kunde inte se upp. Jag är snart färdig, sade han. Ja, sade hon. Så gick hon.

Hon kom ut igen medan han stod och sköljde av händerna under kranen. Hon hade med sig en flaska vin och två glas med hög fot. De satt i skymningen och läppjade på vinet och sade inte mycket. Mörkret sänkte sig. Det kom inget regn, sade Bernhard. Det gör ingenting, sade Marion, du har ju vattnat. Ja, sade han. Han såg på henne, anletsdragen var nästan utsuddade. Hon sade: Det börjar bli kyligt. Jag tror jag går in. Sitter du kvar? Han nickade. Ett litet tag, sade han.

Min systers ansikte

Sent en eftermiddag i november när jag var på väg uppför trapporna till min lägenhet på tredje våningen, blev jag varse en skugga som avtecknade sig på min ytterdörr. Jag förstod genast att den måste härröra från en person som befann sig mellan dörren och glödlampan bredvid ingången till vinden, och jag hejdade mig. Det hade varit många inbrott i området på sistone, ett och annat överfall också, det berodde nog på den höga arbetslösheten, och en person som stod orörlig i trappan upp till vinden ville antagligen inte bli sedd. Därför vände jag och började gå neråt igen; det är min erfarenhet att man ska undvika att upptäcka någon som vill hålla sig dold. Då jag hade gått en bit hörde jag steg bakom mig; jag blev rädd, ända tills jag hörde en röst uttala mitt namn. Det var Oskar, min äldre systers man, och även om jag inte hade mycket till övers för honom drog jag, bildligt talat, en lättnadens suck.

Jag gick upp till honom, och eftersom jag genast insåg att jag inte kunde underlåta att bjuda med honom in, tryckte jag hans hand. Vi hängde våra rockar på rockhängaren i den lilla hallen, sedan gick jag före honom in i vardagsrummet och tände de båda golvlamporna. Han blev stående mitt på golvet och såg sig omkring. Han sade att han aldrig varit hos mig förut. Nej, du har nog inte det, sade jag. Han frågade hur länge jag hade bott här. Sex år, sade jag. Ja, det kan nog stämma det, sade han. Ja, sade jag. Han tog av sig glasögonen och gnuggade sig i ena ögat. Jag bad honom sätta sig, men han stod kvar och putsade glasögonen med en stor näsduk medan han halvblind kisade ut i rummet. Så satte han på sig glasögonen igen. Du har ju telefon, sade han. Ja, sade jag. Men du står inte i telefonkatalogen, sade han. Nej, sade jag. Jag satte mig. Han såg på mig. Jag frågade om han ville ha en kopp kaffe. Nej tack, sade han, dessutom skulle han snart gå. Han satte sig mitt emot mig. Han sade att det var min syster som hade skickat honom, hon ville att jag skulle hälsa på henne, hon satt med en stukad vrist och hade något hon måste tala med mig om, han visste inte vad, det hade hon inte velat säga, jo förresten, sade han, det hade visst något med barndomen att göra, och när han hade sagt att hon väl kunde skriva till mig, hade hon blivit hysterisk och skruvat av hatten på en klistertub och tömt ut innehållet över mattan. Klistertub? sade jag. Ja, sade han, hon satt och klistrade in fotografier som hade lossnat från sidorna i ett gammalt album. Han tog av sig glasögonen igen och gnuggade sig i ögat, sedan tog han åter fram näsduken och putsade glasen. Jag ska ringa till henne, sade jag. Ja, sade han, så förstår hon i varje fall att jag har varit här. Förresten, fortsatte han, om du ger mig ditt telefonnummer, så kan hon ju ringa till dig om det är något, så slipper jag åka genom halva stan för att söka upp dig. Jag ville inte ge honom numret, men för att inte såra honom sade jag att jag inte kom ihåg det. Han mönstrade mig genom de tjocka glasen, det var litet obehagligt, jag ljuger som regel bara i självförsvar, och då syns det kanske på mig, jag kände i varje fall att det var det han gjorde, och jag sade att jag ju aldrig använde det, man ringer ju inte hem till sig själv. Nej, naturligtvis inte, sade han, och han sade det på ett sätt som retade mig, jag kände mig satt på plats, och jag gick ut och hämtade cigaretterna i rockfickan. Jag har dessvärre inget annat än kaffe att bjuda på, sade jag. Han svarade inte. Jag satte mig och tände cigaretten. Du är lycklig du, sade han. Jaså? sade jag. Bor här alldeles för dig själv, sade han. Tja, sade jag, även om jag höll med. Ibland vet jag inte vart jag ska ta vägen, sade han. Jag svarade inte. Nej, nu ska jag gå, sade han och reste sig. Jag tyckte litet synd om honom, så jag sade: Har ni det inte riktigt bra? Nej, sade han. Han gick mot dörren. Jag följde efter. Jag höll upp rocken åt honom. Han sade: Hon blir nog glad om du ringer. Hon säger att du är den ende som bryr sig om henne.

Hon måste ha haft telefonen inom räckhåll, för hon svarade med en gång. Jag sade vem jag var. Å Otto, sade hon, nu blev jag glad. Hon verkade uppriktig och på inget sätt överspänd, och samtalet som följde förlöpte i en lugn, vänskaplig ton. Efter en stund bad hon mig komma och hälsa på henne, och jag sade ja. Så sade hon: För du har inte glömt oss, eller hur? Glömt er? sade jag. Nej, sade hon, oss, dig, och mig. Nej, sade jag. Kommer du i morgon? sade hon. Jag tvekade. Ja, sade jag. Vid ettiden? sade hon. Ja, sade jag.

När jag hade lagt på kände jag mig upprymd, nästan förtjust, en känsla jag ofta får när något svårt har utförts, och jag belönade mig själv genom att ta mig ett kvarts glas whisky, något jag annars inte gör vid den tiden på dagen. Upprymdheten höll i sig, nu kanske tack vare whiskyn, och jag unnade mig ett kvarts glas till. Och när klockan närmade sig halv åtta, låste jag dörren till lägenheten och gick på Koryféen, en krog som inte lever upp till sitt namn men där jag då och då tar en öl eller två.

Karl Homann satt där, en man i min ålder som bor i området och som jag har ett något tvunget förhållande till därför att han en gång räddade mitt liv. Han satt lyckligtvis inte ensam, så när han bad mig att slå mig ner tyckte jag jag kunde tillåta mig att söka mig ett eget bord. Jag gick längst in i lokalen. Det faktum att jag hade tagit mod till mig och tackat nej till hans inbjudan hade gjort mig så uppskärrad att jag först efter att ha satt mig upptäckte Marion, en kvinna jag hade haft ett inte alldeles smärtfritt förhållande med. Hon satt tre bord ifrån mig. Hon bläddrade i en tidning och hade möjligen inte sett mig än. Jag behövde inte nödvändigtvis ha sett henne heller, och jag beställde min öl och avvaktade utvecklingen. Det fanns emellertid något olidligt i hela situationen, och jag sökte ögonkontakt med henne. Och då hon efter en stund tittade upp från tidningen och såg rakt på mig, förstod jag att hon hade upptäckt mig för länge sedan. Jag log mot henne och höjde glaset. Hon höjde också glaset, sedan vek hon ihop tidningen och kom fram till mig. Jag reste mig. Otto, sade hon och gav mig en kram. Så sade hon: Får jag slå mig ner hos dig? Naturligtvis, sade jag, men jag ska snart gå, jag är på väg till min syster. Hon hämtade sitt glas. Hon såg upprymd ut. Hon sade att det var roligt att se mig, och jag sade att det var roligt att se henne. Hon sade att hon ofta tänkte på mig. Jag svarade inte, trots att jag hade tänkt på henne också, låt vara med blandade känslor, inte minst på grund av hennes sexuella häftighet som jag inte hade förmått leva upp till och som en gång, den sista, hade fått henne att utbrista att ett samlag inte är någon gudstjänst. Jag frågade avledande hur hon hade det, och vi samtalade lugnt tills jag hade druckit ur glaset och sade att jag måste gå. Då skulle hon också gå, sade hon. Så sade hon, just när vi reste oss: Om du inte skulle ha hälsat på din syster, hade du följt med mig hem då? Jag skulle ha känt mig frestad, sade jag. Ring mig någon gång, sade hon. Ja, sade jag.

Hon följde mig till busshållplatsen, där tryckte hon sig mot mig och viskade några djärva, frivola ord som försatte min kropp i ett dilemma, och om inte bussen hade kommit, men den kom, och hon sade: Ring. Ja, sade jag.

Jag gick av vid nästa hållplats, och påverkad av den självkänsla Marions närmande hade givit mig – hon är en vacker kvinna – satte jag kurs på närmaste bar. Men jag kom bara till dörren; då jag öppnade den och såg ansamlingen av människor och hörde den larmande musiken, tappade jag modet. Det är en situation jag är välbekant med, den skrämmande främlingskänslan på ett okänt ställe, och jag stängde dörren och gick hem.

Fram på natten vaknade jag av en dröm som nog kanske var influerad av den omtalade självkänsla Marion hade givit mig. Det var en starkt erotisk dröm, och i motsats till hur det annars var i den sortens drömmar, där kvinnans – eller kvinnornas – ansikte är obekant eller till och med borta, framträdde plötsligt den här kvinnans anletsdrag, tydligt, utan att det minskade mitt begär. Det var min systers ansikte.

Hon öppnade innan jag hade hunnit ringa på. Hon stod stödd på två kryckor. Jag såg att du kom, sade hon. Jag förstår det, sade jag. Hon gav mig en kram och tappade ena kryckan. Jag böjde mig ner för att ta upp den. Stöd mig, sade hon och lade armen runt min axel. Jag gjorde det, det vill säga: hon stödde sig på mig. Hon hoppade bredvid mig in i vardagsrummet och placerade sig vid ett färdigdukat soffbord. När jag hade hängt av mig rocken och kom in igen, åt vi smörgås och talade om hennes fot. Jag tittade i smyg på mattan men såg inget spår efter klistret.

Vi hade talat en stund om allt och ingenting,

då sade hon: Du blir mer och mer lik pappa. Eftersom jag trodde att hon visste vilket slags förhållande jag hade haft till honom tog jag litet illa upp, men jag sade inget. Jag reste mig för att hämta en askkopp. Vad ska du göra? sade hon. Hämta en askkopp, sade jag. Hon sade var jag kunde hitta en, och jag gick ut i köket. När jag kom tillbaka sade hon att hon hade tänkt så mycket på mig på sista tiden, på oss, att det var så synd att vi inte sågs mer, vi som hade stått varandra så nära. Tja, sade jag, man får ju sitt eget liv. Saknar du aldrig mig? sade hon. Jo visst, sade jag. Du skulle veta hur ensam jag ofta känner mig, sade hon. Ja, sade jag. Du är också ensam, sade hon, jag vet det, jag känner dig. Det är länge sedan du kände mig, sade jag. Du har inte förändrats, sade hon. Jo, sade jag. På vilket sätt? sade hon. Jag svarade inte. Sedan sade jag: Du sade ju nyss själv att jag blir mer och mer lik pappa. Vad menade du med det förresten? Det är något med ditt sätt att le, sade hon, och så vaggar du med överkroppen precis som han gjorde. Gjorde han det, sade jag, det minns jag inte. Vad konstigt, sade hon. Jag tittade väl inte lika mycket på honom som du gjorde, sade jag. Vad menar du? sade hon. Det jag säger, sade jag. Jag tyckte inte om att titta på honom. Det fanns något oaptitligt över honom. Å herregud, sade hon. Vi satt tysta en stund; så blev jag medveten om att jag vaggade med överkroppen, och jag rätade på mig och lutade mig tillbaka på stolen. Slutligen sade hon: Det står en flaska sherry längst ner i hörnskåpet, kan du vara snäll och hämta den. Och två glas, om du också vill ha. På vägen bort till skåpet bestämde jag mig för att hämta bara ett glas, men ändrade mig. Jag hällde upp mycket till henne och litet till mig själv. Det har du aldrig berättat förut, sade hon. Nej, sade jag, vi talar om något annat. Skål. Skål, sade hon. Jag tömde glaset. Du hällde i så litet till dig själv, sade hon. Jag dricker inte mitt på dagen, sade jag. Inte jag heller, sade hon. Jag hällde upp mer sherry i mitt glas. Jag visste inte vad vi skulle tala om. Jag tittade på klockan. Titta inte på klockan, sade hon. Var är Oskar? sade jag. Hos sin mor. Han är alltid hos sin mor på lördagar. Han kommer aldrig hem förrän vid femtiden, så ta det lugnt. Jag tar det lugnt, sade jag. Gör du? sade hon. Ja visst, sade jag. Vad bra, sade hon, ger du mig litet mer sherry? Jag hällde upp åt henne, men inte lika mycket som förra gången. Mer, sade hon. Jag fyllde glaset. Skål, sade hon. Jag drack ur. Förse dig, sade hon. Jag mindes det hon hade sagt till Oskar, att jag var den ende som brydde sig om henne, och med en plötslig och nästan triumferande känsla av frihet hällde jag mitt glas nästan fullt. Hon såg på mig. Ögonen hade fått glans. Vad du stirrar på mig, sade hon. Ja, sade jag. Minns du att jag kallade dig för storebror? sade hon. Jag nickade. Och du kallade mig för syster, sade hon. Jag grep glaset och drack. Hon gjorde detsamma. Jag mindes. Har du någon kvinna nu? sade hon. Nej, sade jag. Ingen som är god nog för dig? sade hon. Gör inte narr av mig, sade jag. Jag gör inte narr av dig, sade hon. Jag föredrar att leva ensam, sade jag. För det kan du väl ha en kvinna, sade hon. Jag svarade inte. Du är ju man, sade hon. Jag svarade inte. Jag reste mig och gick ut på toaletten. Jag satte proppen i handfatet och skruvade på kallvattenkranen. Jag stack ner händerna i vattnet och höll dem där tills det gjorde ont, sedan torkade jag av dem och gick in i vardagsrummet igen. Jag satte mig och sade det jag hade tänkt ut: Jag föredrar kvinnor som inte kräver något, men som ger och får och går. Hon sade ingenting. Jag tände en cigarett. Och du säger att du inte är ensam, sade hon, och sedan tillade hon: Storebror. Jag såg på henne; hon satt med ansiktet halvt bortvänt och läpparna lätt åtskilda; det fanns inte ett ljud i rummet och inga ljud utifrån; tystnaden bara fortsatte. Tänk om …, sade hon. Vad då, sade jag. Nej, sade hon. Jo, sade jag. Men Otto då, sade hon, du vet ju inte vad – vad är det du tror att jag tänkte? Jag var på vippen att säga det, just då ägde jag ett mod som nästan var tillräckligt stort. I stället sade jag: Nej, hur skulle jag kunna veta det. Hon grep glaset och höll fram det mot mig. Det är tomt, sade hon. Säg stopp, sade jag. Nej, sade hon. Jag fyllde glaset. För att inte dricka så dricker vi rätt mycket, sade jag. Det finns undantag, sade hon. Ja, sade jag, det finns undantag i allt. Gör det? sade hon. Hon såg inte på mig. Ja, sade jag. Det gick i ytterdörren. Å nej, sade hon. Jag reste mig. Det var en reflexrörelse. Gå inte, sade hon. Jag satte mig. Oskar dök upp i dörröppningen, han gick och stödde sig på min systers krycka. Han stannade. Jag såg på honom att han inte visste att jag var där. Hej Oskar, sade jag. Hej, sade han. Han såg på min syster och sade: Din krycka låg ute vid dörren. Det vet jag väl, sade hon. Förlåt då, sade han och lät kryckan falla till golvet. Vad skulle det där nu vara bra för, sade hon. Han svarade inte. Han föste in kryckan mot väggen med skospetsen, sedan gick han ut i köket. Han stängde dörren bakom sig. Gå inte, snälla du, sade hon. Jo, sade jag. För min skull, sade hon. Jag orkar inte, sade jag. Oskar kom ut från köket. Hans blick snuddade vid mig. Jag visste inte att du var här, sade han. Jag ska strax gå, sade jag. Inte för min skull, sade han. Nej, sade jag. Han gick tvärs genom rummet och in genom en dörr. Jag såg på min syster; hon stirrade mig rakt i ansiktet och sade: Du är feg, jag hade glömt att du var så feg. Jag reste mig. Ja, gå bara, sade hon, gå bara. Jag gick fram till henne. Vad var det du sade, sade jag. Att du är feg, sade hon. Jag gav henne en örfil. Inte hårt. Nej, jag tror inte jag slog särskilt hårt. Ändå skrek hon till. Nästan i samma ögonblick hörde jag Oskar öppna dörren; han måste ha stått alldeles bakom den och lyssnat. Jag vände mig inte om. Jag hörde inga steg. Jag såg in i väggen. Jag hörde bara min egen andhämtning. Så sade min syster: Otto ska strax gå. Oskar svarade inte. Jag hörde dörren stängas. Jag såg på min syster, mötte hennes blick; det fanns något i den som jag inte förstod, något milt. Jag såg att hon ville säga något. Jag drog åt mig blicken. Förlåt storebror, sade hon. Jag svarade inte. Gå nu, sade hon, men kan du inte ringa mig? Jo, sade jag. Sedan vände jag mig om och gick.